KB220825

나는 삼한갑족이다

1판 1쇄 인쇄 | 2024년 10월 21일
1판 1쇄 발행 | 2024년 10월 28일

지 은 이 | 박상하
펴 낸 이 | 천봉재
펴 낸 곳 | 일송북

주　　　소 | 서울시 성북구 성북로 4길 27-19
전　　　화 | 02-2299-1290~1
팩　　　스 | 02-2299-1292
이 메 일 | minato3@hanmail.net
홈페이지 | www.ilsongbook.com
등　　　록 | 1998. 8. 13(제 303-3030002510020060000049호)

※ 잘못된 책은 구입처에서 교환해 드립니다.

단체·분야별

조선왕조 5백 년을 이끈 5대 명문가의 이야기

나는 삼한 갑족 이다

박상하 지음

일송북

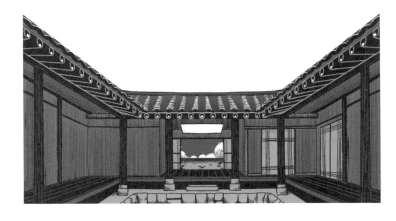

집안이 어려워도 낙담해선 안 되고 공부가 쓸모없다고 관두어서도 안 된다

딱한 처지에 놓일지라도 민망하게 여기지 않고, 귀한 신분에 올랐음에도 교만하지 않을 뿐더러, 참혹한 화를 당해도 위축되거나 운명에 흔들려선 안 된다.

- '삼한갑족'이 독자에게 -

한국을 만든 인물 500인을 선정하면서

일송북은 한국을 만든 인물 5백 명에 관한 책들(5백 권)의 출간을 기획하여 차례대로 펴내고 있습니다. 이는 긍정적이든 부정적이든 우리 역사에 뚜렷한 족적을 남긴 인물들의 시대와 사회를 살아가는 삶을 들여다보고 반성하며, 지금 우리 시대와 각자의 삶을 더욱 바람직하게 이끌기 위해서입니다. 아울러 한국인의 정체성은 무엇인가를 폭넓고 심도 있게 탐구하는, 출판 사상 최고·최대의 한국 대표 인물 콘텐츠의 보고(寶庫)가 될 것입니다.

한국 인물 500인의 제목은 「나는 누구다」로 통일했습니다. '누구'에는 한 인물의 이름이 들어갑니다. 한 인물의 삶과 시대의 정수를 독자 여러분께 인상적·효율적으로 전할 것입니다. 무엇보다 지금 왜 이 인물을 읽어야 하는가에 충분히 답해 나갈 것입니다.

이번 한국 인물 500인 선정을 위해 일송북에서는 역사, 사회, 문화, 정치, 경제, 국방, 언론, 출판 등 각 분야의 전문가들로 선정위원회를 구성했습니다. 선정위원회에서는 단군시대 너머의 신화와 전설쯤으로 전해오는 아득한 상고대부터, 아직도 우리 기억에 생생한 20세기 최근세까지의 인물들과 그 시대들에 정통한 필자를 선정하고 있습니다.

우리는 지금 최첨단 문명시대를 살고 있습니다. 인터넷으로 실시간 글로벌시대를 살고 있으며 인공지능 AI의 급속한 발달로 인간의 정체성마저 흔들리고 있음을 절감하고 있습니다.

이러한 때일수록 인간의, 한국인의 정체성이 더욱 절실히 요구되고 있습니다. 그 정체성은 개인과 나라의 편협한 개인주의나 국수주의는 물론 아닐 것입니다. 보수와 진보 성향을 아우르는 한국 인물 500인은 해당 인물의 육성으로 인간 개인의 생생한 정체성은 물론 세계와 첨단 문명시대에서도 끈질기게 이끌어나갈 반만년 한국인의 정체성, 그 본질과 뚝심을 들려줄 것입니다.

차 례

조선왕조 사대부들의 오랜 꿈인 '삼한갑족'

조선왕조 5백 년의 역사는 대략 세 토막으로 나누어볼 수 있다. 적어도 정치·사회의 측면으로 볼 때는 그렇다.

먼저 조선왕조는 사실상 고려왕조의 국운이 다하면서부터 시작된 것이다. 고려왕조가 기울면서 이민족이 세운 원나라에 빌붙어 권세를 누리는 생쥐 같은 자들이 들끓기 시작한 것이다. 이른바 여말 권문세족의 출현이었다.

그들은 이민족에게 껌 딱지처럼 달라붙어 막대한 규모의 토지를 소유했다. 『고려사』에 "권문세족들이 산과 하천을 경계로 하는 거대한 농장을 갖고 있었다"라고 쓰여 있을 정도였다.

　말할 것도 없이 그들은 철저히 부패했다. 권력을 앞세워 백성들의 토지를 무람없이 약탈하고 노비를 늘려나갔다.

　따라서 이들 권문세족은 왕 못지않은 호사를 누렸으나, 백성들은 개돼지와 다름없었다. 하찮은 일에도 백성들은 자기 설움에 눈물을 쏟고는 했다.

　이때 등장한 새로운 정치 세력이 위화도에서 회군回軍으로 군사 쿠데타를 일으킨 이성계과 정도전 등이었다. 이들이야말로 권문세족의 횡포에 등살이 휘었던 백성들에겐 동트는 아침과도 같은 신흥 사대부였다.

　신흥 사대부는 백성들의 기대에도 부응했다. 권문세족들과 맞서 부단히 싸웠다. 부패한 지배 세력을 물리치는 데 한목소리를 냈다.

　다만 고려왕조에 대해선 다소 생각이 갈렸다. 신흥 사대부의 내부에서 강경파와 온건파로 나뉘었다.

　강경파는 고려왕조마저 타도한 뒤 국가를 창건해야 한다는 '역성易姓 혁명파'였다. 온건파는 고려왕조 자체는

존속시킨 채 개혁으로 국가를 개량하자는 '온건 개혁파'
였다. 역성 혁명파의 대표 인물은 정도전·하륜·조준 등
이었으며, 온건 개혁파의 대표 인물은 정몽주·길재·이색
등이었다.

결국 힘의 무게가 강경파 쪽에 실렸다. 주도권을 장악
한 신흥 사대부는 역성 혁명파였다. 병권을 장악한 이성
계와 손을 잡은 뒤, 권문세족들이 지배하던 고려왕조를
무너뜨리고 조선왕조를 창건했다.

이처럼 역성 혁명파에 의해 조선왕조가 창건되면서, 두
세력 간의 처지는 당장 희비가 엇갈렸다. 역성 혁명파는
높은 벼슬에서부터 공신전功臣田 등까지 받아가며 새로
운 지배계층으로 부상했다. 반면에 온건 개혁파를 이끌
었던 정몽주 등이 역성 혁명파의 이방원 일당에게 타살되
면서 그 세력은 권력으로부터 멀어졌다. 새 왕조는 역성
혁명파 곧 공신들의 나라가 되고 만 것이다.

이렇게 탄생한 공신들은 온 나라를 주물럭거렸다. 이
들 공신에겐 막대한 토지가 주어졌을뿐더러, 토지를 경
작할 노비까지 얹어주었다. 후손들에겐 과거를 치르지

않고도 벼슬에 나아갈 수 있는 음서의 혜택까지 주어졌다. 자신들이 타도한 고려 말기의 권문세족과 조금도 다를 게 없었다.

이처럼 공신 세력과 더불어 왕실의 외척 세력까지 합쳐져 또 다른 세력을 강고하게 형성하게 되었으니 이들을 곧 '훈구파勳舊派'라 일컬었다.

그러나 이들 훈구파의 부패와 독선은 예견된 것이었다. 고려왕조의 타락한 권문세족에 맞서 분연히 역성혁명에 나섰으나, 왕조가 창건되자 그들도 역시 별반 다르지 않았다. 수구 세력을 무너뜨리고 개혁 세력이 권력을 손에 쥐자, 그들 또한 부패와 독선의 길로 들어섰다. 마치 역사의 거울 앞에 그대로 반추되어 다시 나타난 풍경 같았다.

온건 개혁파는 어떻게 되었을까? 권력에서 밀려난 그들은 뿔뿔이 흩어져 새 왕조를 세우는 데 참여하지 못했다. 이때까지만 해도 권력의 바깥에서 숨죽이고 있었다. 각기 고향으로 돌아가 권력에서 제외된 상태였다. 고향 땅에 파묻혀 학문을 닦는 한편 겨우 향촌사회를 장악하는 정도였다.

그러던 중에 절호의 기회가 찾아왔다. 성종(9대) 연간에 이르러 비로소 숨통이 트이기 시작한 것이다.

성종이 즉위했을 때 훈구파 대신들의 권력은 막강했다. 13세의 어린 나이로 왕위에 오른 성종은 정치를 직접 하지 못했다. 훈구파 대신들과 할머니인 정희왕후(세조의 왕비)가 정치를 대신했다.

한데 성종이 장성해 친정을 시작하면서 기류가 바뀌었다. 왕권을 강화하면서 훈구파 대신들의 권한을 제어하고자 했다.

그 수단이 신진 세력이었다. 신진 세력으로 구성된 대간(사간원, 사헌부, 홍문관)들에게 힘을 실어주면서 훈구파 대신들을 견제하고자 나섰다.

그러면서 온건 개혁파가 하나둘 정계에 등장하게 되었다. 그동안 훈구파에 밀려 대척점에 서 있던 이들 세력을 이른바 '사림파士林派'라 일컬었다. 훈구파가 왕조를 창건한 역성 혁명파에 뿌리를 두었다면, 사림파는 새 왕조에 참여하지 못한 온건 개혁파에 뿌리를 두었다.

이같이 성종 이후 사림파가 권력의 전면에 등장할 수 있었던 건 훈구파가 초래한 면이 있었다. 그들의 부패와 독선에 분노한 민심에 힘이 실렸던 것이다.

그렇대도 지방의 향촌에 근거를 둔 사림파의 중앙 진출은 결코 순탄치 못했다. 중앙 정계에 뿌리가 깊은 훈구파와의 충돌이 불가피했다.

결국 세력 간에 충돌이 일어나면서 권력과 명분, 여자와 돈, 폭군과 반정, 권모술수와 궁중 음모로 얽히고설켰다. 훈구파의 집요한 공격을 이겨내지 못한 사림파가 한동안 빠졌다. 연산군(10대) 연간에 일어난 무오사화(1498)와 갑자사화(1504), 중종(10대) 연간에 일어난 기묘사화(1519), 명종(13대) 연간에 일어난 을사사화(1545)로 이어지는 훈구파의 정치 탄압으로 사림파가 파리 목숨처럼 죽어나갔다. 이른바 '선비들이 화를 당했다'는 사화士禍가 연이어 발생하게 된다.

그럼에도 사림파는 끈질긴 생명력을 보여주었다. 단 한 번의 사화로 많게는 수백 명에 달하는 사림파가 줄줄이 처형당하는 극심한 탄압 속에서도 굽힐 줄 몰랐다. 끝내 살아남아 선조(14대) 연간에 이르러 훈구파와의 투쟁을 마침내 종식시킨다. 드디어 훈구파를 축출하고 사림파가 정권을 장악하게 된다. 여기까지가 조선왕조 5백 년 역사의 첫 번째 토막이라면, 이후부터는 그 두 번째 토막에 해당한다.

백 년이 훨씬 지나도록 훈구파로부터 숱한 탄압을 받으면서도 사림파가 결국 이겨낼 수 있었던 건, 오직 그들만의 사상과 조직이 있었기 때문이다. 성리학性理學으로 일컬어지는 확고한 정치적 이념과 더불어 퇴계와 율곡이라는 공통의 스승을 모시는 학통學統으로 연결된 정치 세력이었던 것이다. 그 같은 사상과 조직이 존재했기에 정권에서 오랫동안 소외되었을 뿐만 아니라, 피비린내 나는 '4대 사화'를 겪으면서도 쉽사리 붕괴되지 않고 살아남아 끝내 재기에 성공할 수 있었다.

하지만 그 기나긴 투쟁 끝에 마침내 훈구파를 축출하면서 권력을 잡게 되자, 사림파 또한 둘로 쪼개진다. '같은 뿌리, 다른 꽃'이라는 분열의 굴레에서 벗어나지 못한다. 사림파라는 동질성보다는 내부의 이질성이 점차 두드러지면서 결국 분열되었다. 안동 출신의 퇴계를 학통으로 삼는 동인東人과 파주 출신의 율곡을 학통으로 삼는 서인西人으로 갈린다. 동인과 서인은 어느 정파도 양보하지 않는 치킨게임chicken game으로 치닫게 된다.

나아가 동서 양당의 정치는 결과적으로 전쟁을 초래했다. 16세기 말에 임진왜란(1592)이 일어나면서 강토가 잿더미로 변했다.

나라 곳간이 바닥나면서 불안정한 정국이 지속되는 가운데, 동인에게 줄곧 정권을 내주었던 서인의 반격이 시작된다. 이귀·김자점·이괄 등의 서인이 인조반정(1623)으로 광해군(15대)을 내쫓은 뒤 서인이 정권을 잡았다.

인조(16대)는 친명배금 정책 노선을 표방했다. 이 노선 때문에 결국 병자호란(1636)이 발발했고, 조선은 전쟁에서 참패했다. 이른바 '삼전도의 굴욕과 환향녀還鄕女의 능욕'을 온몸으로 치러내야만 했다. 이 양난을 기점으로 조선왕조 사회에서 성리학의 영향력이 한층 공고해진 가운데 서인은 또다시 노론老論과 소론少論으로 갈린다.
이어 정권을 쥐고 있던 송시열을 중심을 하는 노장파의
노론(벽파)과 동인에 뿌리를 둔 윤증을 중심으로 하는 소
장파의 소론(시파)이 그것이다.

하지만 정국을 주도한 세력은 대부분 노론이었다. 노론
의 지지를 받으며 영조(21)가 왕위에 올랐다. 영조는 당쟁
의 폐해를 막기 위해 힘썼다. 인재를 고르게 등용하는 탕
평蕩平정책을 폈으나, 지금의 정당정치와 같은 붕당정치
의 오래 된 적폐를 청산하진 못했다. 되레 사도세자가 뒤
주에 갇혀 죽임을 당하는 임오화변(1762)으로 이어졌다.

영조의 대를 이은 정조(22대) 또한 탕평책을 이어나갔
다. 더불어 정약용 등의 실학자들을 발굴해서 수원 화성
을 축성하는가 하면, 아무나 장사를 할 수 없다는 금난전
권禁亂廛權을 폐지하여 누구라도 장사를 할 수 있게 하는
통공정책을 펴는 등 개혁을 시도했다.

하지만 정조는 불과 49세의 나이로 갑작스레 절명하고
말았다. 이후 정당 정치가 막을 내리면서 동시에 어느덧
그 두 번째 토막마저 마감하게 된다.

마지막 세 번째 토막은 안동 김씨 일가로 일컬어지는, 특정 지역의 한 가문을 중심으로 하는 비정상적 정치 형태, 이른바 '세도勢道정치'다. 19세기 순조(23대)·헌종(24대)·철종(25대) 연간에 거쳐 64년여 동안이나 지속되었다.

이 기간에 나라는 통째로 골병이 들었다. 세도정치는 마침내 왕위에까지 손을 뻗치는 등 절대 권력을 누렸으나, 조선왕조는 급격하게 쇠퇴기를 맞이할 수밖에 없었다.

이 같은 혼란스러운 정국 속에 이하응이 역사를 구원하겠다고 등장하게 된다. 풍양 조씨 가문의 조대비와 결탁해서 열두 살 된 둘째아들 이명복을 보위에 올린다. 그가 곧 조선왕조의 마지막 임금인 고종(26대)이다.

흥선대원군 이하응은 어린 고종을 대신해서 십 년 넘게 섭정했다. 세도정치를 종식시키는 한편 왕권 강화에 힘썼으나, 허물어져 내리기 시작한 왕조의 기왓장은 이미 속절없었다. 봉건적 체제를 근대적 체제로 전환하는 반봉건과 무람없이 침략해 들어오는 제국주의로부터 국권을 수호하기조차 힘들었다.

우리의 옛 선조들은 강을 호수로 불렀다. 한양을 감싸고 흘러내리는 한강을 세 구역으로 나누어 동호東湖, 서호, 남호라 칭했다. 지금도 옥수동과 압구정동 아파트 단지를 잇는 다리를 동호대교라 부르는 것도 이런 이유에서다.

하지만 강은 자나 깨나 흐른다. 잠시도 고여 있거나 머뭇거리지 않는다. 언제 보아도 강은 세상없이 흘러내린다.

더구나 강은 눈에 보이는 윗물과 눈에 드러나지 않은 아랫물의 이중 구조를 띤다. 윗물은 햇살 아래 물비늘마저 오순도순하지만, 속살은 몹시 거칠고 사납다. 윗물은 잔잔한 호수 같아도, 아랫물의 유속은 격렬하기만 하다. 겉으로 드러나 눈에 보이지도, 소리도 없는 아랫물에 의해 강이 흐른다. 딴은 아랫물이 윗물을 이끌어 강이 흐르는 것이다.

역사의 강이라고 해서 다를 게 없다. 훈구다 사림이다, 노론이다 소론이다, 벽파다 시파다, 세도정치가 역사의 강을 주도한 것 같으나, 이는 숫제 윗물이었다. 역사의 전면에 모습을 온전히 드러내진 않았어도 아랫물은 정작 따로 존재했다.

조선왕조를 지배한 사대부들의 오랜 꿈이기도 했던 최고의 명문가名門家, 곧 '삼한갑족'이 그들이다. 그들이야말로 조선왕조의 오백 년을 소리 없이 이끈, 겉으론 드러나지 않은 역사의 아랫물이었다. 숲속을 지배한 숨은 범이었던 것이다.

1장

열 정승보다
대제학 한 명이 낫다

'삼한갑족'으로 살으리랏다

삼한갑족三韓甲族이란 삼한三韓에서 으뜸가는 집안이란 의미다. 조상 대대로 사회적 신분이나 지위가 높은 집안을 말한다.

삼한은 고대의 나라 곧 마한馬韓, 진한辰韓, 변한弁韓을 이른다. 또는 통일신라, 고려왕조, 조선왕조의 삼조三朝를 가리키기도 한다.

삼한갑족은 이같이 우리나라 역사의 전 시대에 걸쳐 학문이나 지위에서 드러난 조상을 둔 가문을 일컬었다. 다시 말해 최고의 명문가를 뜻했다.

기준은 딱히 정해져 있지 않았다. 전통 관습으로 미뤄 볼 때 대략 다음과 같은 관례에 따랐다.

첫째, 학문과 학행이 겨레의 스승으로 추앙되는 현인賢人(어질고 총명하여 성인에 다음가는 사람)이 나온 집안.

둘째, 학문이 탁월해 나라를 대표할 만한 문형文衡, 곧 대제학大提學을 배출한 집안.

셋째, 선정을 베풀어 백성과 나라에 공헌한 정승(영의정·좌의정·우의정)을 배출한 집안.

넷째, 모든 사람의 모범이 되는 청백리, 효孝, 충忠, 열烈, 과거에 급제한 이가 많은 집.

사실 삼한三韓이란 말은 조선시대까지만 해도 자주 쓰이던 말이었다. 삼국통일을 삼한일통三韓一統이라고 하거나, 중국에 보내는 고려의 명칭에 삼한을 쓰거나 했다. 이 말에서 대한제국이란 말이 나왔고, 여기서 대한민국이 나왔다.

하지만 시대가 지나면서 한韓은 국國을 뜻하게 되었다. 마한, 진한, 변한이 멸망한 삼국시대 후기부터 고구려, 백제, 신라를 일컬어 삼한이라 불렀다. 마한은 고구려, 변한은 백제, 진한은 신라가 된 것이다.

물론 조선왕조 후기 들어 일부 실학자들이 삼한의 뜻

을 원래대로 고증했지만, 여전히 소수에 불과했다. 여전히 대부분의 선비나 백성은 삼한을 고구려, 백제, 신라라 일컬었다.

그러다 일제강점기를 거치면서 대부분의 학자가 삼한의 원래 의미를 다시금 인식했다. 삼한은 고구려, 백제, 신라를 아니라, 기원紀元을 전후하여 한반도 남부에 처음으로 국가 형태로 나타난 수십 개의 군장국가君長國家를 뜻하게 되었다. 중국의 역사 해석을 그대로 받아들인 것이다.

그러나 고종황제가 대한제국을 세운 뜻과 상해 임시정부가 대한민국을 세운 의미는 매우 분명했다. 한반도 남부의 삼한을 뜻하는 게 아니었다. 과거 만주까지 이르는 광활한 영토를 가졌던 고구려와 함께 백제, 신라를 통합한다는 뜻이었다. 고종황제가 대한제국을 세울 때 선포한 내용에 이미 명확하게 나와 있다.

고종 34년(1897) 9월 18일『승정원일기』에는 다음과 같은 내용이 있다.

"임금이 '짐은 생각건대… 강토가 분할되어 각기 한 귀퉁이를 차지하고서 서로 자웅을 겨루다가 고려 때에 이르러 마한, 진한, 변한을 통합하였으니 이것이 삼한을 통합한 것이다'라는 조령朝令을 내렸다."

다시 말해 고려가 삼국을 통일했다고 명확히 밝히고 있으며, 여기서 삼한이란 삼국을 지칭하고 있다. 중국이 주장하는 한반도 남부를 지칭한 것이 결코 아니었다. 한국은 고구려, 백제, 신라의 삼한을 뜻했다. 우리 민족의 전통은 고조선 → 삼국 → 고려 → 조선 → 대한제국 → 대한민국으로 이어졌음을 천명하고 있다.

이처럼 삼한갑족은 엄중했다. 역사의 전 시대에 걸쳐 내놓으라는 학문과 지위에서 드러난 조상을 둔 집안이 아니고선 감히 삼한의 갑족이라 부를 수 없었다. 그런 만큼 흔히 삼한갑족이라 불릴 만큼 학문과 지위가 드러난 집안은 그리 많지 않다. 대략 다음의 26개 성씨 집안을 그렇게 불러왔을 따름이다.

전주 이씨, 안동 권씨, 광산 김씨, 강릉 김씨, 청풍 김씨, 안동 김씨, 경주 김씨, 여흥 민씨, 밀양 박씨, 반남 박씨, 대구 서씨, 창녕 성씨, 은진 송씨, 청송 심씨, 순흥 안씨, 파평 윤씨, 해평 윤씨, 연안 이씨, 덕수 이씨, 인동 장씨, 풍양 조씨, 양주 조씨, 경주 최씨, 청주 한씨, 풍산 홍씨, 남양 홍씨 집안 등이었다.

'하늘의 별처럼 수많은 명문

조선왕조 시대의 사대부들에게 목에 가시는 곧 과거 급제였다. 벼슬길로 나아가 지위를 얻기 위해선 반드시 과거에 급제해야만 했다. 그것이야말로 자신을 세우고 이름을 알리는 입신양명을 실현하며 집안을 명문가로 발돋음시키기 위한 첫 걸음이었다.

그러나 시험이란 늘 어려울 수밖에 없다. 시험을 치러 선발된다는 건 어느 때나 힘든 노릇일뿐더러, 대단한 영광이 아닐 수 없다. 무수한 쭉정이 더미 속에서 얼마 안 되는 알곡을 찾아내려면 언제나 그럴 수밖에 없다.

왕조 시대의 과거가 그랬다. 하늘의 별따기였다. 오늘날의 사법고시보다 더 어려우면 어려웠지 쉽지가 않았다.

무엇보다 공부해야 할 범위가 아주 광범위했다. 깨끗하고 고요하다는 사서四書는 물론이고, 정밀하고 미묘하다는 오경五經은 기본이었다. 『논어』, 『맹자』, 『중용』, 『대학』에서부터 『시경』, 『서경』, 『역경』, 『예기』, 『춘추』는 필수과목이었다.

하지만 4서5경의 아홉 과목 43만 글자漢字를 모두 외우고 쓴다고 되는 건 아니었다. 1차 시험이랄 수 있는 초시初試에 이어 2차 시험인 복시覆試, 마지막 3차 시험인 대과大科로 올라갈수록 책문(문제)은 보다 난해해지기 마련이었다.

4서5경의 9과목 말고도 또 어쩔 수 없이 공부해야 할 과목이 늘기 십상이었다. 두보, 유종원, 한유, 이백 등 당나라 4대 문장가들의 『사류변려문』과 같은 새로운 책들을 찾아 공부해야 했다. 논술 형식의 제술 시험에 임하기 위한 일종의 대비책으로 추가되었던 셈이다.

그뿐 아니었다. 시문詩文을 스스로 지어낼 수 있어야 함은 물론이고 책문에 대해 논論하고 설說할 수 있는, 남다른 문장력조차 갖추어야 했다. 요컨대 시험의 출제 범위가 4서5경의 43만 글자를 넘어, 자신만의 독창적인 세계를 따로 또 구축하고 있어야 했던 것이다.

경쟁률 또한 상상한 것 이상이었다. 전국에서 단지 240명만을 뽑는 초시에 무려 수만 명이 몰려들었다. 과거에 응시할 수 있는 양반의 자제라면 거의 예외 없이 모두 나섰던 것으로 보인다.

그중에서도 한성에서 치러지는 경시京試 초시의 경쟁률이 가장 높았다. 지방의 여느 향시鄕試와는 비교도 되지 않을 정도였다. 매번 2만 명 가까이 몰려들곤 했다는데, 경시 초시 급제자 수는 전국에서 치른 향시 급제자 140여 명을 제외한 100여 명이 전부였다. 낙타가 바늘구멍을 통과해야 하는 살 떨리는 경쟁이 아닐 수 없었다.

그렇대도 다른 길이란 도시 없었다. 사대부가 입신양명할 수 있는 길이라곤 오직 과거 한 길뿐이었다. 과거야말로 효도의 극치였으며, 짐승과 구별되는 사회적 존재로서의 자아를 실현하는 유일한 길이었다. 그런 까닭에 조선초 이래 황희, 성삼문, 정약용, 김옥균, 이완용에 이르기까지 역사의 인물들이 모두 과거를 통하여 자신을 드러내야만 했다.

그럼에도 낙타가 바늘구멍을 통과하여 하늘의 별을 딴 이들이 없지만은 않았다. 한국학중앙연구원 역대인물종합정보시스템을 검색한 결과 조선시대에 문·무과를 통틀어 과거 급제자를 가장 많이 배출한 가문은 전주 이씨였다. 전주 이씨 가문은 모두 2,232명(문과 871명, 무과 1,361명)이었다.

2위는 김해 김씨였다. 문과에서 131명, 무과에서 1,364명이 각각 급제하여 2위를 차지했다.

3위는 밀양 박씨였다. 문·무과를 합쳐 1,342명이었다.

이어 경주 김씨가 835명으로 4위, 청주 한씨가 753명으로 5위, 남양 홍씨가 677명으로 6위, 파평 윤씨가 634명으로 7위, 진주 강씨가 595명으로 8위, 안동 권씨가 588명으로 9위, 안동 김씨가 541명으로 10위를 기록하고 있다. 그 뒤를 이어 경주 이씨가 538명, 광산 김씨 가문이 519명이었다.

한편 조선시대에 태조부터 순종까지 25명의 임금이 재

위하는 동안 문과에서는 804회에 걸쳐 과거가 치러졌다. 급제자는 모두 1만 5,150명이었다. 무과의 경우 798회에 걸쳐 과거가 치러져 급제자는 모두 2만 6,287명이었다.

이처럼 어렵다는 과거에 급제했다 하더라도 일인지하一人之下 만인지상萬人之上이라 일컫는 정승의 자리에까지 오른다는 건 또 다른 세계였다. 조선왕조 사대부들의 상징과도 같은 율곡과 퇴계도 오르지 못한 정승의 자리는 하늘이 돕는 자가 아니고선 결코 범접할 수 없는 권좌였다.

물론 한음漢陰 이덕형 같은 이도 없지 않았다. 약관의 나이인 20세에 과거에 급제한 뒤 출사해서 31세에 대제학이 되었고, 38세에 우의정, 42세에 영의정에 올랐다. 이 기록은 조선왕조 5백 년 동안 누구도 깨지 못한 진기록이었다.

정승의 자리에까지 오른 집안의 순위를 보면, 과거 급제자 1위를 기록한 전주 이씨 가문이 역시 22명으로 1위였다. 뒤를 이어 동래 정씨 가문이 16명으로 2위, 안동 김씨 가문이 15명으로 3위, 청송 심씨 가문이 13명으로 4위,

청주 한씨 가문이 12명으로 5위, 여흥 민씨와 파평 윤씨 가문이 각기 11명으로 공동 6위, 대구 서씨·연안 이씨·안동 권씨 가문이 각각 9명으로 공동 8위를 차지하고 있다.

그다음 명문가로서의 요건은 문묘文廟에 배향된 현인을 배출한 가문을 꼽을 수 있다. 학문이 깊어 한성의 성균관과 지방의 향교에 건치하여(내걸어) 제향祭享을 받고 공부하는 유생들의 사표師表로 삼았던, 문묘에 배향된 현인은 통일신라·고려왕조·조선왕조의 삼한을 통틀어 18명에 불과했다.

시대	이름	가문	관직, 기타
통일신라	설총	경주 설씨	한림翰林
통일신라	최치원	경주 최씨	한림학사
고려	안유	순흥 안씨	수문관 태학사太學士
고려	정몽주	연일 정씨	문하시중門下侍中
조선	김굉필	서흥 김씨	형조좌랑(정6품)
조선	정여창	하동 정씨	현감(종6품)
조선	조광조	한양 조씨	대사헌(종2품)

조선	이언적	여주 이씨	좌찬성(종1품)
조선	이황	진성 이씨	대제학(정2품)
조선	김인후	울산 김씨	홍문관 교리(정5품)
조선	이이	덕수 이씨	대제학·이조판서(정2품)
조선	성혼	창녕 성씨	좌참찬(정2품)
조선	김장생	광산 김씨	형조참판(종2품)
조선	조헌	배천 조씨	사헌부 감찰(정6품)
조선	김집	광산 김씨	판중추부사(종1품)
조선	송시열	은진 송씨	좌의정(정1품)
조선	송준길	은진 송씨	이조판서
조선	박세채	반남 박씨	좌의정

위에서 볼 수 있듯이 한 집안에서 두 사람이 문묘에 배
향된 경우는 광산 김씨 가문과 은진 송씨 가문뿐이었다.
광산 김씨에는 예학禮學의 태두로 일컬어지는 사계沙溪
김장생에 이어, 율곡의 학문과 아버지 김장생의 이기설理
氣說과 예학을 전수하여 송시열·송준길·윤선거에게 전

해주어 기호학파와 노론·소론계로 학문을 계승케 한 김집이 있다. 두 번째 집안으론 조선왕조 후기 정통 성리학자인 송시열과 더불어 그와 '양송兩宋'으로 불린 대학자 송준길을 배출한 은진 송씨였다.

그러나 조선왕조에 접어들어 이 같은 패러다임para-digm도 바뀌어 간다. 과거 급제자의 숫자도, '일인지하 만인지상'의 정승도 아닌, 학문이 탁월해 나라를 대표할 만한 문형文衡(글의 저울대), 곧 대제학(정2품)을 배출한 가문으로 더욱 좁혀진다. 유학을 국시로 삼는 유교 국가답게 무엇보다 학문의 중요성을 최우선 가치 기준으로 삼게 된다. "열 정승보다 대제학 한 명이 낫다"라고 한 것이다.

열 정승보다 대제학 한 명이 낫다

조선시대에 대제학은 '벼슬의 꽃'으로 불렸다. "정승 열명보다 대제학(정2품) 한 명이 낫다"라는 말이 있었다. 권좌의 정상이라 일컫는 영의정(정1품)조차 부러워하는 벼슬이었다. 예부터 국반國班(양반 중의 양반)이라고 널리 칭송받았다. 3대가 선善을 베풀어야 대제학 한 명을 배출할 수 있다고 할 정도였다. 정승과 같이 단순한 사회적 성취보다는 비록 품계는 아래일망정 정신적 가치 곧 학문을 숭상한 까닭에서였다.

대제학은 국가 최고 문학, 예컨대 중요한 외교 문서나 임금의 교명敎命, 과거 등을 통할했다. 뿐만아니라 학문에 관계되는 제반사를 모두 관장했다. 대제학을 '글의 저울대' 곧 문형文衡이라 불렀던 이유도 여기에 있다.

소속은 예문관, 집현전, 홍문관, 규장각이었다. 하지만 이런 관청은 하는 일이 저마다 다르고, 시대에 따라 그 역할도 변했다.

우선 예문관은 한림원이라고도 불렀다. 건국 이후 예문춘추관으로 시작되어, 임금의 교명과 국사國史를 관장하다 예문관과 춘추관으로 분리되었다. 세조 2년(1456) 사육신死六臣을 중심으로 한 권좌에서 쫓겨난 단종의 복위 시도가 실패로 돌아가면서 집현전이 혁파된 뒤 홍문관이 설치되기 전까지는, 집현전의 기능까지 흡수하여 학술을 진흥하고 학자를 양성하는 일을 맡았다.

집현전은 정종 연간에 설치되었다가 명칭이 보문각으로 바뀌었다. 맡은 역할도 미미했다. 그러다 세종 2년 (1420) 궁궐 안에 설치되었다. 세종의 학술 진흥정책에 따라 학자를 양성하고 문학을 진작시키는 역할을 맡아 도서를 수집·보관함은 물론 임금의 국정에 자문했다. 예컨대 임금과 대신들이 한 자리에 모여 공부하고 국정을 논의하는 경연經筵과 시강試講에서부터 왕실의 교육, 외교 문서를 작성하고 사신을 접대했으며, 사필史筆을 담당했다. 또한 과거를 주관하고 어명을 제찬製撰(임금의 어명을 신하가 대신 지음)하거나, 임금을 대신하여 치제致祭(죽은 왕족이나 대신, 훈신을 국가가 대신 지내주는 제사)하고, 임금의 교지 등 왕실의 문서를 작성하는 일을 맡았다.

홍문관은 흔히 사간원, 사헌부와 더불어 삼사三司라 불렸다. 언론 기관으로서의 역할을 맡았다. 집현전과 같이 학문 진흥과 학자 양성, 경연 및 시강, 과거를 주관했다.

규장각은 조선왕조 후기에 궁궐 안에 설치된 기관이었다. 임금의 교명, 유교遺敎, 선보璿譜(왕실 및 그 일족의 족보을 간략하게 기록한 서적) 따위를 맡다가 나중에는 학술과 정책을 연구하는 기관으로서의 기능을 맡았다. 과거를 관장하기도 했다.

대제학은 이 같은 네 개 관청에 설치된 벼슬의 수장이었다. 하지만 시대에 따라 맡은 기능이 바뀌었을뿐더러, 또 대부분 양쪽 관청의 수장을 한 사람이 겸하는 대제학 체제로 운영되었기 때문에 일일이 구별하기가 쉽지 않다.

아무렇든 대제학은 학자 양성, 학술 연구, 언론 기관, 외교 담당, 과거 관장, 임금의 교명 작성, 왕실의 문적과 유교 관리, 역대 임금의 어진 보관 및 관리, 왕실의 도서 관장 등의 기능을 도맡았다. 『조선왕조실록』에 따르면 왕비 책봉 교명, 왕의 행장, 왕의 지문, 왕의 시장諡狀, 세자 책봉 반교문, 옥책문, 죽책문, 궁궐 안의 각종 전각의 상량문, 역사서 등을 비롯하여 왕실의 주요 문서를 작성했던 것으로 전해진다.

이런 만큼 대제학이 될 수 있는 요건 또한 분명했다. 과거 출신이어야 함은 물론 정2품 이상의 고위 품계인 당상관이어야 했으며, 무엇보다 학문이 깊고 문장이 빼어난 당대 최고의 학자여야만 했다.

하지만 이 요건을 충족한 이가 한둘이 아니었다. 때문에 조선 초에는 전임 대제학이 후임 대제학을 천거하는 방식을 택했다. 중종(11대) 이후부턴 보다 엄격해져 영의정, 좌우정, 우의정 및 육조의 판서와 더불어 한성부 판윤(정2품)이 모여서 전임 대제학들이 천거한 복수의 후보자 가운데 한 사람을 권점圈點하여 임명하는 것을 원칙으로 삼았다.

권점이란 홍문관·예문관·규장각의 관원을 선발할 때 후보자의 성명을 적어놓고, 전선관銓選官이 각기 선발하고자 하는 이의 성명 아래에 찍는 동그란 점을 일컫는다. 그렇게 점수가 높은 이를 선발하게 되는데, 얼핏 보기에는 민주적 선발 방식이라는 평가를 받을 수 있다.

　하지만 이면을 보면 꼭이 그렇지만도 않았다. 사전 담합이 이뤄지는 등 집권 정파의 집안이나 권문세가에서 선출되는 경우도 없지 않았다. 그러므로 중종 이후까지 전임자가 천거를 하거나, 임금이 나서 직접 지목하기도 했다. 그만큼 대제학이라는 자리가 엄중했던 것이다.

　예우도 어느 벼슬보다 정중했다. 정승보다는 낮은 품계였음에도 정승 못지않게 중요시되었으며, 명예는 정승보다 되레 더 높았다.

　여기에다 한번 문형에 오르면 정해진 재임 기간이 따로 없었다. 자신이 사임하지 않는 한 종신 직책이었다. 왕조의 모든 벼슬에서 유일무이하게 대제학에게만 주어지는 특권이었다.

　뿐 아니라 대제학에 오른 이는 사화士禍로 피해를 입거

나 사망하지 않는 한 대부분 1품까지 무난히 승차되었다. 조선왕조 5백여 년 동안 대제학에 오른 191명 가운데 영의정에까지 승차한 이가 37명, 좌의정에까지 오른 이가 21명, 우의정에까지 오른 이가 8명이나 되어 35%에 달했다. 비록 정승까지는 오르지 못했다 하더라도 나머지 대부분도 정승과 같은 품계의 영돈녕부사·영중추부사·도제조나, 종1품의 판돈녕부사·판중추부사·판의금부사의 벼슬에 이르렀다.

이 같은 '벼슬의 꽃', 열 정승보다 대제학 한 명이 낫다고 한 문형을 2명이나 배출한 가문은 모두 13개였다. 3명을 배출한 가문은 11개였고, 4명을 배출한 가문은 안동 권씨·경주 이씨·한산 이씨·연일 정씨·양주 조씨·남양 홍씨 등 6개였으며, 5명을 배출한 가문은 청풍 김씨·풍양 조씨 등 2개였다. 6명을 배출한 가문은 대구 서씨·덕수 이씨 등 2개였고, 7명을 배출한 가문은 안동 김씨·의령 남씨·연안 이씨·광산 김씨 등 4개였으며, 8명을 배출한 가문도 있었다. 전주 이씨 가문이 유일했다.

아버지와 아들이 모두 대제학에 오른 가문도 있었다.

안동 김씨·의령 남씨·교하 노씨·창녕 서씨·해주 오씨·덕수 이씨·연안 이씨·풍양 조씨·전주 이씨 등 9개 가문이었다.

형제 대제학도 2개 가문에서 나왔다. 광산 김씨 가문의 김만기와 김만중, 여흥 민씨 가문의 민점과 민암이 그들이다.

그러나 국반의 으뜸은 뭐니뭐니해도 한 가문에서 대가 끊기지 않은 '3대代 대제학'이었다. 조선왕조가 국시로 내세운 유학은 개인이 아닌 가정이 중심이라는 사상에서였을 것으로 짐작된다. 할아버지, 아버지, 아들로 연이어지는 대제학을 배출한 씨족을 국반의 으뜸이라 일컬었다. 안동 권씨·연안 이씨·광산 김씨·전주 이씨·대구 서씨 가문이었다. 이 '5대 가문'을 일컬어 명성과 실상이 서로 꼭 들어맞는 최고의 명문가라 일컬었다. 이들 가문이야말로 조선왕조 5백 년을 소리 없이 이끈, 겉으론 드러나지 않은 역사의 아랫물이었다. 숲속을 지배한 숨은 범이었던 것이다.

2장

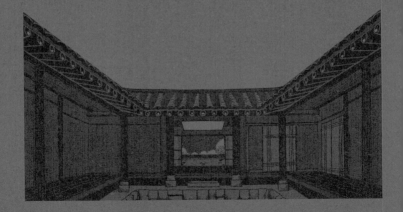

안동 권씨 가문,
권근

열여덟 살 때 춘추관 검열로 출사하다

조선왕조 첫 번째 최고의 명문가 곧 삼한갑족은 안동 권씨 집안이었다. 안동 권씨 집안이 발돋음하여 비로소 조선왕조 '5대 명문가'로 떨쳐 일어난 건 양촌陽村 권근 (1352~1409)에 이르면서부터였다. 그는 조선왕조 5백 년 동안 제수된 191명의 대제학 가운데 다섯 번째로 적바림 한 인물이었으며, 한 집안에서 대가 끊기지 않은 '3대代 대 제학'을 배출하면서 명성과 실상이 서로 꼭 들어맞는 최 고의 명문가로 일컬어지는 그 첫 번째 가문이기도 했다.

권근은 고려 공민왕 원년에 태어났다. 열일곱 살 때 진 사進士를 뽑는 성균시에 급제했다. 이듬해 2명만을 뽑는 관시官試에서 발탁되었고, 같은 해 예조에서 치르는 2차 시험인 회시에서 목은牧隱 이색 등과 함께 3명이 선발되었으며, 같은 해 대과에 급제하면서 불과 열여덟 살의 나이로 출사했다.

첫 벼슬은 춘추관 검열(정9품)이었다. 이듬해 중국의 과거 향시鄕試에 급제(급제자는 3명)하였으나 열아홉 살이었던 권근은 성인인 25세 기준에 미달되어 중국에 가지는 못했다.

같은 해 예문관 수찬으로 승차한 데 이어 수직랑 밀직당후·선덕랑 장흥고사 겸 진덕박사·조청랑 태상박사 겸 진덕박사에 제수되었다.

공민왕 22년(1373)에 중국의 과거 향시에서 또다시 급제자 3명 가운데 한 명에 뽑혔다. 하지만 당시 22세였던 권근은 역시 연령 미달로 중국에 가지 못했다.

이듬해 공민왕이 궁궐 안에서 미소년 5명에게 시해弑害당했을 때 권근은 예문관 응교로서 원나라 사신의 입국을 반대하는 상소를 도당에 올렸다. 이는 목숨을 건 주청이었다.

이듬해 공민왕의 어린 아들 우왕(32대)이 열 살의 나이에 즉위했다. 권근은 삼사 판관·예문관 응교·예의정랑·군부정랑·춘추관 편수관 등에 제수되었다.

우왕 6년(1380) 과거 성균시를 관장하여 홍상빈 등 110명을 선발했다. 3년 뒤에는 우왕의 음란한 생활을 비판하는 상소를 극간 極諫(임금이 상사에게 잘못된 일이나 행동을 고치도록 온 힘을 다하여 말함)했다. 우왕은 권근의 상소가 옳다며 마땅히 인간 印刊(인쇄하여 책을 출간함)하라는 비답을 내렸다.

그는 우왕의 방탕한 생활에 대해서도 상소를 올렸다. 군왕의 역린을 건드린 직간이었다.

이후 권근은 진현관 직제학이 되었으며, 판위위시사에 이어 다시금 과거 성균시를 관장하여 윤봉 등 61명을 선발했다. 이후 성균관 대사성·진현관 제학을 거쳤다.

우왕 14년(1388) 권근은 최영 장군과 대척점에 섰다. 중국의 요동 정벌을 주장하는 최영 장군에게 숨은 흉계가 있다며 불복했다.

최영은 이성계의 도움으로 권력의 핵심인 이인임을 숙청했

다. 하지만 이성계의 세력이 팽창하자, 최영은 다시 우왕과 음모하여 이성계를 숙청하려 들었다. 그리하여 명나라 황제가 요동을 공략할 때 요동 지역은 본래부터 고려의 영토이니, 이를 보호해야 한다는 구실을 붙여 정명론征明論을 주장했다. 이성계로 하여금 반강제로 출병토록 하였다.

이는 다른 게 아니었다. 승전하면 좋고, 패전하면 명나라에 사신을 보내어 이성계에게 그 책임을 전가하려 한 흉계였다. 그러므로 권근은 여기에 반대하여 따르지 않은 것이다.

이후 이성계는 위화도威化島에서 회군하여 개경으로 돌아왔다. 우왕을 폐위시켜 강릉으로 추방하고, 최영은 시흥으로 유배시켰다가 훗날 수원으로 이감한 뒤 주살했다.

이후 권근은 예문관 제학·춘추관 수찬관·밀직사·내시다방사·보문각 제학·상호군上護軍이 되었다.

생사의 갈림길에 선 음모

창왕 원년이자 공양왕 원년(1389)에 권근은 명나라에 다녀왔다. 문화평리인 윤승순의 부사로 친조사親朝使가 되어 명나라에 갔던 것인데, 예부禮部의 자문咨文(공문)을 갖고 귀국했다.

자문의 내용은 명나라 황제가 고려왕조의 우왕이 즉위한 문제에 대해 시비를 거는 것이었다. 당시 이성계 일파들조차 우왕이 공민왕의 아들이 아니라 요승妖僧 신돈의 아들이라고 주장할 정도였다. 결과적으로 그가 가져온 자문은 훗날 그만 화근이 되고 말았던 것이다.

그러나 두 달도 되지 않아 여러 대신이 은밀하게 회합하였다. 명나라에서 가져온 자문의 뜻에 따랐다. 창왕을 폐위시키는 한편 우왕과 창왕 부자를 참살하였다. 그리고 왕씨의 원족인 정창부원군을 옹립하기로 했다. 그가 바로 고려왕조의 마지막 임금인 공양왕(34대)이다.

한데 삼사三司의 고위 관료들인 대간臺諫들이 벌떼처럼 들고 일어났다. 번갈아가며 상소를 올렸다.

요컨대 명나라 예부의 자문 내용을 권근이 미리 알고 있으면서, 국구에게 먼저 알린 것은 왕실에 동조한 행위라며 극형에 처할 것을 요구했다. 하지만 이성계의 도움으로 가까스로 목숨을 건질 수 있었다.

그럼에도 상소가 그칠 줄 몰랐다. 낭사郎舍 윤소종이 나서 권근을 처형할 것을 상소했다.

임금은 속절없이 교지를 내려야 했다. 권근에게 곤장 1백 대를 치고 더 먼 지역으로 유배시키라고 명했다. 곤장을 맞은 뒤 황해도 금천에서 경북 영덕으로 이배移配(유배지를 다른 곳으로 옮김)되었던 것이다.

자문 사건으로 유배된 권근은 이듬해가 되었으나 좀처럼 풀려날 줄 몰랐다. 삼사의 대간들은 끈질기게 탄핵으로 내몰았고, 경북 영덕에서 영일과 김해로 몇 차례나 더

이배되는 고초를 치러야 했다. 더군다나 구 세력의 역모로 죄가 가중된 데다, 이색과 더불어 수십 명에 달하는 연루자로 지목되어 청주 감옥에서 극심한 국문을 당했다.

다행히 여름철 대홍수로 일시 방면될 수 있었다. 서거정의 『필원잡기』에는 당시 권근과 이색이 국문을 받다가 풀려나는 대목이 있다.

여말에 이색과 권근 두 선생이 청주 감옥에 체계逮繫 되었는데, 국문이 극심하여 생사가 위급했다. 같은 해 여름 어느 날 새벽부터 종일 큰비가 쏟아져 내려 산이 무너지고 물난리가 일어났다. 성이 붕괴되고 두 선생의 숙소를 비롯하여 모든 인가가 침수되는 바람에 취조관이 물을 퍼내어 근근이 목숨을 부지하는 지경이었다. 당시 사람들이 말하길, "하늘이 어진 이를 감옥에서 빼내기 위함이다"라고 했다. 결국 두 선생은 천재로 인하여 화를 면할 수가 있었다….

그러나 홍수가 물러가자 이내 익산의 감옥에 재수감되었다. 이 무렵 권근은 자신의 첫 번째 저서인 『입학도설入

學圖』을 서술한다. 그리고 같은 달에 정몽주의 상소로 겨울이 다가올 즈음에 풀려날 수 있었다.

공양왕 3년(1391) 마침내 특사령이 내려졌다. 권근은 하륜 등 수많은 인사들과 함께 종편되어 완전히 석방되었다. 이어 곧바로 한양으로 올라가서 사은숙배(임금의 은혜에 감사하고 절을 올리는 일)하고 충주 양촌으로 낙향했다. 그리고 전부터 계획했던 『예경절차禮經 節次』와 『역시서춘추천견록易詩書春秋淺見錄』 등 두 권을 저술했다.

권근이 막아낸 명나라와의 전쟁

고려왕조가 무너지고 조선왕조가 창건되었다. 새로이 등장한 정치 세력의 주요 인물은 위화도 회군으로 역성혁명易姓革命을 일으킨 이성계와 정도전 등이었다.

태조 원년(1392) 고려왕조의 마지막 임금인 공양왕이 폐위되어 강원도 원주로 방치되었고, 정몽주가 선죽교에서 격살당했다. 배극렴 등이 이성계를 추대하여 왕으로 삼고, 그가 개경의 수창궁에서 즉위하니 곧 조선왕조의 태조였다. 태조는 자신의 여덟째 아들인 이방석을 왕세자로 책봉했다.

이때 권근은 왕조의 창건에 아무런 역할도 하지 못했다. 향리인 충주 양촌에 머물며 여전히 저술에만 전념하고 있었다. 그가 비로소 태조의 부름을 받은 건 그 이듬해 가 되어서였다.

태조 2년(1393) 이성계가 계룡산으로 행행行幸(임금이 궁궐 밖으로 거둥함)할 때 첫 부름을 받았다. 이때 권근은 태조의 명을 받고 예문관 학사 정총과 함께 태조의 부친 인 환왕桓王의 정릉定陵 비문을 찬撰(글을 짓거나 책을 저술함)했다. 그런 뒤 태조를 따라 개경으로 상경한 데 이 어 성균관 대사성(정3품)에 제수되었다.

이듬해 봄, 고려왕조의 공양왕 부자를 비롯하여 왕씨가 모두 일제히 포살捕殺(붙잡아 죽임)되었다. 그리고 가을 에 도읍을 개경에서 한성으로 천도했다. 권근은 3년째 성 균관 대사성의 자리를 지켰다.

태조 5년(1396) 찬표撰表 사건이 일어나 정국이 발칵 뒤 집혔다. 한 해 전에 하정사賀正使 유순이 명나라에 가지 고 간 정조표전正朝表箋 때문에 발생한 사건이었다. 정 조표전 속에 명나라를 경박희모輕薄戲侮(가벼이 여겨 희 롱함)하는 듯한 문구가 들어 있다 하여, 문서를 작성한 정 도전을 당장 압송하라는 명나라 황제의 명이 떨어진 것이다.

정도전은 질병을 구실로 하여 일단 몸을 피했다. 누구도 정도전을 대신하여 명나라에 갈 대신이 없었다. 그건 곧 죽음으로 가는 길이었기 때문이다.

이때 성균관 대사성 권근이 나섰다. 태조의 만류에도 불구하고 정도전을 구하기 위해 명나라 남경으로 떠났다. 죽음을 각오한 길이었다.

남경에 도착한 권근은 명나라 황제의 칙령에 따라 문연각에 유숙하면서 사흘 동안 남경을 유람했다. 그리고 명나라로부터 어제시御製詩 3편과 함께 잔치를 대접받은 데 대해 응제시應製詩 24편을 지어 올렸다.

명나라 황제는 권근의 말에 공감하는 듯했다. 그럴 법하다며 마침내 수긍했다. 문연각에 투숙할 때 예우를 갖추도록 명했다.

또한 권근에게 광록훈光祿勳과 더불어 음식을 하사하고, 내부內府를 통하여 비단 의복을 내렸다. 뿐만 아니라 유사에 명하여 술과 안주와 기악을 갖추어 주연을 베풀게 하고, 사흘 동안 유가游街(과거 급제를 축하하는 경사의 하나)를 사하면서 부시賦詩를 지어 올릴 것을 명했다. 황제 자신도 친제시親制詩 3편을 내려주었다. 죽을지도 모르는 위기에 놓였다가 극적인 환대를 받게 된 것이었다.

　그는 사흘 동안 남경에서 유가를 즐겼다. 명나라의 큰 선비인 유삼오·허관·경청·장신·대덕이 등과 함께 어울리면서, "태조가 위화도에서 회군한 진의는 마땅히 명나라 제국을 섬기려는 충성심에서였다"라고 말하면서 외교적 역량을 발휘했다. 명나라 황제는 이를 전해 듣고 가상히 여겨 권근을 조선왕조의 '노실수재老實秀才'라고 치하했다.

　권근의 행장에 따르면, 그가 명나라로 출발할 즈음 이성계가 권근의 동생인 권우를 통하여 황금 10냥을 은밀히 건넸다고 한다. 그만큼 찬표 사건은 조선 왕실을 크게 긴장시켰으며, 그가 아니었더라면 두 나라 관계는 돌이킬 수 없을 정도로 악화되었을 것이다. 실제로 명나라 황제가 조선 정벌을 꾀했었다는 사실이 이를 증명했다.

예문관·보문각·집현전의 3관 대제학

　명나라에서 돌아온 권근은 이후 승승장구했다. 정종 원년(1399) 권근은 정당政堂 겸 사헌부 대사헌(종2품)에 제수되었다. 이때 그는 피비린내 나는 살육을 멈추기 위해 개인이 병력을 거느리는 사병제私兵制의 폐지를 주청했다. 이듬해 이방원은 왕세제王世弟가 되었다. 여전히 그칠 줄 피비린내 나는 살육을 지켜보면서 권근은 벼슬에서 물러날 뜻을 밝혔다. 하지만 끝내 받아들여지지 않았다.

　정국은 이후에도 바람 잘 날이 없었다. 정종이 즉위한 지 채 2년도 되지 않아 다시 한번 요동쳤다. 권력의 실세인 이방원이 태종(3대)으로 즉위케 된다.

　권근은 추충익대좌명공신推忠翊戴佐命功臣의 호를 하

사받았다. 성균관 대사성·보문각(홍문관) 제학(종2품) 등 정치 권력보다는 학문 쪽에 더 가까이 서 있었다.

태종 2년(1402) 과거를 관장하면서 신효 등 대과 급제자 33명을 선발했다. 『편년삼국사編年三國史』를 수찬修撰(책을 엮어 펴냄)하라는 어명을 받고 하윤, 이첨 등과 함께 집필에도 착수했다.

같은 해 가을, 마침내 예문관 대제학(정2품)에 올랐다. 한 집안에서 대가 끊기지 않은 '3대代 대제학', 곧 최고 명문가의 반열에 오르기 위한 그 첫 문을 활짝 열어젖혔다. 겉으론 드러나지 않은 역사의 아랫물, 숲속의 범이 되기 위한 장도에 오른 것이다.

이듬해 주자소鑄字所가 설치되었다. 성균관 대사성에 이어 또다시 보문각(홍문관) 대제학에 올랐다. 여름에는 하윤, 이첨 등과 함께 수찬에 들어간 『신수동국사략新修東國史略』의 편수를 마쳤다.

다시 이듬해 관직을 떠나 한거하며 『예경절차』의 편집을 마무리하면 좋겠다고 주청했다. 태종이 윤허하지 않았다. 대신 태종은 3관(예문관, 보문각, 집현전)의 문사들이 서로 협력하여『예경절차』를 완성하여 올리라고 하며, 서국書局에 명하여 역할을 분담시켰다.

그 뒤 권근은 증조부 권부權溥가 편집한『효행록주』를 집필했다. 이후에도 재차 사직을 상주했으나 허락되지 않았다.

예문관 대제학, 보문각 대제학에 이어 집현전(홍문관) 대제학까지 3관의 대제학에 모두 오르는 영예를 누렸다.

태종 7년(1407) 하윤과 함께 당하관(정3품 이하)의 문무관 가운데 10년마다 선발하여 승차시키는 중시重試를 관장해서 예문관 직제학(정3품) 변계량 등 10명을 선발했다. 의정부 찬성사(종1품)·춘추관사(정1품)·왕세자 이사가 되었다.

이듬해에는 사헌부와 사간원의 대간들에게 허물이 드러나면서 조정이 떠들썩했다. 태종이 격노하여 그들에게 죄를 물으려 하자 권근이 만류하고 나섰다.

"순나라 임금은 남에게 묻기를 좋아하여 중의를 모아서 국정을 이끌어나갔습니다…."

이 무렵 우연히 병을 얻어 거동이 어렵게 되었다. 환후가 침중해지자 태종이 약을 하사하며 매일같이 안부를 물었다.

태종 9년(1409)은 생애의 마지막 해였다. 아직 봄이 오지 않은 2월 중순, 백약이 무효하여 마침내 숨을 거두었다. 향년 58세였다.

저서로는 『입학도설』, 『오경천견록』, 『경서구결』, 『동국사략』, 『동현사략』, 『양촌집』이 있다. 정도전의 『불씨잡변』에 주석을 더했고, 어명을 받아 구결口訣을 지정하였을뿐더러 권학사목勸學事目 8조를 올려 문교 시책의 시정과 보완에 이바지했다. 『예기천견록』을 찬하고, 하윤과 함께 『동국사략』을 지어 올렸다.

순수하고 깨끗하며 온화하고 아담했다

    권근의 졸기가 『조선왕조실록』에 전해진다. 그의 졸기가 꽤 길기 때문에 일부만을 옮겨보면 이렇다.

    "길창군吉昌君 권근이 죽었다. 이른 새벽에 태종이 권근이 위독하다는 소식을 전해 듣고 왕세자에게 문병하도록 명했다. 왕세자가 막 떠나려 하는데 권근이 그만 숨을 거두었다는 소식을 전해 듣고 중지했다. 권근의 호는 양촌陽村이고, 안동 사람이다. 고려왕조의 정승 권부의 증손이며, 검교정승檢校政丞 권희의 아들이다. 어릴 적부터 글 읽기를 부지런히 하여 그친 적이 없었다. 열여덟 살에 과거에 급제하여 춘추 검열(정9품)에 제수되어 왕부의 비자치閟者赤(기록하는 일을 맡은 관원)가 되었다.

계축년에 중국의 향시 3등에 급제되었으나, 나이가 25세 미만인 까닭에 북경에 가서 응시하지는 못했다. 갑인년에 성균관 직강과 예문관 응교에 제수되었다. 공민왕이 갑자기 죽자, 원나라에서 사신을 보내어 제 맘대로 죄인들을 풀어주고 고려왕조로 하여금 예를 갖춰 접대하기를 강요했다. 권근이 정몽주, 정도전 등과 함께 의정부에 상소를 올려 원나라 사신을 받아들이지 말 것을 청하였는데, 그 말이 간절하고 곧아서 조금도 거리낌이 없었다.

…〈중략〉…

임오년 봄에 참찬 의정부사로 과거를 관장하는 책임자가 되어 신효 등 33인을 급제시켰다. 중국에서 사신이 왔는데, 정중하게 권근의 안부를 먼저 물었다. 서로에 대해서는 공경하는 예를 더했다.

어사 유사길과 내사 온불화가 중구 사신으로 사명을 받들고 왔을 때에도 역시 변경인 압록강에서부터 권근의 안부를 물었다. 그들이 도성에 이르자, 임금이 사신을 위로하는 잔치를 베풀었다. 여러 재상이 차례로 술잔을 돌리는 예를 행했다. 권근이 예를 행하자, 유사길과 온불화가 자리에서 일어났다. 임금이 '큰 나라의 사신께서 어찌하여 이렇게까지 하시오?'라고 하자 유사길이 이렇게 대답했다. '어찌 감히 유학자로서 학문과 덕이 높고 행실이 바르며 품격을 갖춘 노성군자老成君子를 소홀히 대할 수 있겠습니까?'온불화도 '황제께서 공경하는 분입니다'라고 덧붙였다. 온불화는 바로 발라이다.

　…〈중략〉…

　정해년 여름에 임금이 친히 문사文士를 시험하였는데, 권근과 좌의정 하윤을 독권관으로 명하여 예문관 직제학 변계량 등 10명을 뽑았다. 무자년 겨울에 위독하였는데, 임금이 노하여 대간의 관직에 있는 자를 장차 극형에 처한다는 말을 듣고 글을 올려 간절히 간했다. 임금이 이에 석방했다. 병들어 누운 날부터 임금이 약을 하사하고 문병하지 않은 날이 없었다.

　죽을 때의 나이가 58세였다. 임금이 비보를 듣고 놀라고 슬퍼하여, 3일 동안 조회를 열지 않았다. 담당 부서에 명하여 상사喪事를 돌보게 했으며, 제사를 내린 데 이어 조문하고, 부의를 매우 후하게 했다. 왕비도 내관을 보내어 치전致奠(사람이 죽었을 때에, 친척이나 벗이 슬퍼하는 뜻을 나타냄)하고, 왕세자가 친히 상가를 찾아가 제사지냈다. 성균관 대사성 최함 등이 홍문관·예문관·교서관의 문사들을 거느리고 제사를 지냈다. 시호를 문충文忠이라 했다. 권근이 일찍이 예문관 검열(정9품)에서부터 정승이 될 때까지 오랫동안 대제학으로 재임하면서 홍문관과 예문관의 직임을 역임했으며, 단 한 번도 외직外職에 제수되지 않았다.

타고난 성품이 순수하고 깨끗하며 온화하고 아담했으며, 특히 성리학에 조예가 깊었다. 평소에 비록 아무리 다급한 때일지라도 말을 빨리 하거나 당황해하는 빛이 없이 침착했으며, 배척을 당하고 관직을 내놓게 되어 죽고 사는 것이 목전에 있었을 때에도 태연하게 처신하면서 일절 상심하지 않았다. 무릇 세상을 다스리는 문장과 중국에 보내는 글도 또한 모두 그가 지었다. 문집이 여럿 있어 세상에 전해진다.

그가 장차 임종하려 할 때 아들과 사위를 불러 모아 유언으로 불교 의식을 하지 못하게 하였으므로, 아들과 사위들이 상을 치르는 것을 일체 가례家禮에 따랐다. 아들 넷이 있으니, 권천·권도·권규·권준이다."

3대 대제학, 권근-권제-권람

권제權踶는 권근의 아들이다. 개국공신의 아들로 출사했다.

여러 자리를 옮겨 다닌 끝에 사헌부 감찰(정6품)이 되었으나, 대사헌을 거슬러 상서한 일로 파면되었다(1413). 이듬해인 27세 때 과거에 장원 급제했다. 사간원 헌납(정5품)·병조정랑·예문관 응교를 역임했다. 성균관 사예(정4품)·의정부 사인·사헌부 집의(종3품)·전라도 관찰사(종2품)·집현전 부제학(정3품)·예조참판(종2품)·대사헌에 이어 한성부 판윤(정2품)에 제수되었다. 매형 이종선이 잘못을 저지르자 과실을 숨기려고 거짓 보고한 일로 탄핵을 받았으나, 개국공신의 아들이기 때문에 큰 벌을 받진 않고 파직되었다(1426).

이듬해 국가의 중대사를 관장하는 인수부의 윤(종2품)을 맡은 데 이어, 진헌사에 제수되어 북경에 갔다가 돌아왔다. 북경에서 돌아왔을 때 형 권천이 병환을 앓고 있었다. 그러므로 형을 문병하고 치료할 수 있게 해달라고 간청하여 벼슬에서 물러났다. 그 후 한성부 판윤·경창부의 윤(종2품)·경기도 관찰사로 나갔다가 한성부 판윤으로 돌아왔다.

작고한 아버지 권근의 뜻을 이어 『진시집설』의 집필을 모두 마쳤다. 이 저서에 「천견록」을 붙여 간직하다가, 세종에게 보급하기를 청했다.

다시금 예조참판에 제수된 데 이어 윤회, 설순 등과 함께 역사서 『자치통감』과 함께 『통감훈의』를 찬집纂集(여러 글을 모아 엮음)하라는 어명을 받았다.

그 뒤 이조판서(정2품)로 승차했다. 이듬해 집현전 대제학에 제수되면서 아버지 권근에 이어 2대째 대제학에 올랐다. 다시 예조판서에 제수된 데 이어, 혜령군惠寧君 이지가 계품사 상사로 북경에 갈 때 부사로 수행했다.

지중추원사(종2품)에 제수되었으나, 소송을 당해 관직에서 물러나 있다가 복구했다. 이어 춘추관의 지춘추관사(종2품) 신개 등과 함께『고려사』를 찬술하여 올리고, 안지 등과 함께『태조실록』,『정종실록』,『태종실록』을 수찬修撰(서책을 편집하여 펴냄)할 것을 상소했다.

다시 의정부 좌참찬(종2품)에 제수되고 의금부 제조(종1품)를 겸직한 데 이어 의정부 우찬성으로 있을 때 공조참판 안지 등과 함께「용비어천가」10권을 지어 올렸다. 책이 출간된 지 열하룻날 뒤에 세상을 떴다. 향년 58세였다.
하지만 권제가 죽은 뒤에『고려사』를 찬술할 때 비리가 있었다며 고신과 함께 시호를 추탈追奪(죽은 자의 죄를 논하여 생전의 벼슬을 없앰)당했다. 수양대군이 어린 조카인 단종으로부터 왕권을 빼앗기 위해 김종서 등을 죽인 계유정난(1453) 때 아들 권남이 공신이 되면서 복권되었다.
『세종실록』에 권제의 졸기卒記가 전해진다. "…총명하고 학문이 넓으며, 말을 잘하고 특히 시사時事에 대해 말하길 즐겨했다. 그러나 기첩에 혹하여 처자를 대접하기를 매우 박하게 하여 가도家道가 바르지 못하니 세상이 이를 좋지 않게 여겼다. 그의 딸은 일찍이 첩과 사이가 좋지 못했으므로, 그가 발로 차 죽었다. 뒤에 『고려사』를 편찬하면서 자신의 집안에 관계되는 긴요한 절목을 빠뜨린 일에 연루되어 사판에서 이름을 지웠다.”

저서로는 『지재집』, 『역대세년가』 등이 있다. 신개와 함께 펴낸 『고려사』가 있으며, 정인지, 안지 등과 함께 저술한 「용비어천가」가 있다.

권람權擥은 권근의 손자이자 권제의 아들이다. 문종 즉위년(1450) 35세에 향시와 회시에서 모두 장원한 뒤, 임금 앞에서 치르는 전시에서 4등으로 급제하며 아버지 권제가 거쳐 간 사헌부 감찰, 집현전 교리(종5품)에 제수되었다.

단종 즉위년(1452)에 문종의 명을 받은 수양대군이 『역대병요』의 음주音註를 편찬할 때 참여하게 되면서, 수양대군과 가까운 사이가 되어 그에게 한명회를 천거했다.

이후 수양대군의 은밀한 지시에 따라 한명회와 함께 단종을 지키는 황보인 등의 종적을 염탐한 데 이어, 이듬해 안평대군이 반역의 음모를 꾸민다고 수양대군에게 알렸다. 나아가 한명회 등과 세력을 모아 안평대군 측의 김종서, 황보인, 조극관 등을 효수하고 정난공신 1등에 녹훈되었다.

이후 동부승지(정3품)로 재임하면서 처자를 간택하여 풍저창 부사(정6품) 송현수의 딸을 단종비로 책비册妃[비빈(妃嬪)으로 책봉하던 일]했다. 그 후 우승지로 전임했다.

세조 1년(1455) 이조참판(종2품)이 되고, 길창군이란 시호를 받으며 사은사에 제수되어 중국을 다녀왔다. 이듬해 이조판서로 승차한 데 이어, 김질·정창손이 성삼문의 불궤不軌(역모를 꾀함)를 고한 것을 처리한 공로로 이조판서 겸 집현전 대제학, 길창군에 제수되었다. 할아버지 권근, 아버지 권제에 이어 자신까지 3대가 대제학에 오른 사례는 일찍이 세상에 없었으며, 이로써 조선왕조에서 맨 처음 최고 명문가의 반열에 오르는 영광을 누렸다.

세조 3년(1457) 판중추원사(정2품)를 지내고, 신숙주·이극감과 함께『신찬국조보감』을 편찬했다. 같은 해 의정부 우찬성(종1품)에서 우의정(정1품)으로 승차했다. 그러다 탄핵을 받고 우의정에서 물러났다가 좌의정으로 복귀했다.

　세조 9년(1463) 길창부원군으로 벼슬길에서 물러나『동국통감』을 감수한 뒤 세조 11년(1465)에 타계했다. 향년 49세였다.

　『조선왕조실록』졸기에 "만년에 미쳐 병 때문에 집을 나갔는데, 권람이 산업을 경영함에 자못 부지런하여, 일찍이 남산 아래에 집을 지었으나 제도가 지나치게 사치하고, 또한 호사스러운 종이 방종하여 사족의 신분을 능가하니 참찬 이승손에게 꾸짖음을 당하는 지경에 이르렀는데도 권남이 죄를 묻지 않으므로, 사람들이 이를 기롱하였다…"라고 쓰여 있다.

　저서로는『소한당집』이 있고, 할아버지인 시인 응제의 시를 주석한『응제시주』가 있다. 신숙주 등과『국조보감』을 편찬하고, 수양대군이『역대병요』의 음주를 편찬할 때 참여했다.

3장

연안 이씨 가문, 이정구

개인 문집이 중국에서 출판된 최초의 문인

조선왕조 두 번째 최고의 명문가 곧 삼한갑족은 연안 이씨 집안이었다. 연안 이씨 집안이 발돋음하여 비로소 조선왕조 '5대 명문가'로 떨쳐 일어난 건 월사月沙 이정구 (1564~1635)에 이르면서부터였다. 그로부터 시작하여 7 대손까지 8대에 걸쳐 정승 6명, 대제학 6명이 나왔으며, 판서의 품계에 에 오른 이들은 헤아리기조차 어려웠다.

이정구는 생후 8개월 만에 능히 걸을 수 있었고, 말을 배우면서 문자를 알았다. 여섯 살 땐 유모 품에 안긴 채 술에 취해 지나가는 행인을 보고 시를 지어 신동이라는 칭송을 들었다. 열네 살의 어린 나이에 생원을 뽑는 승보 시에 장원 급제하면서 세상을 놀라게 했다. 22세에 진사를 뽑는 진사시에 급제했으며, 26세에 대과에 급제하면서 출사했다.

왕세자를 교육하는 시강원의 설서(정7품)를 시작으로 병조 좌랑(정6품)·병조 정랑(정5품)·승문원 교리를 거쳤다. 사헌부 집의(종3품)로 승차한 데 이어 당상관에 올라 동부승지(정3품)·좌부승지를 역임했다. 이 무렵 명나라의 간신 정응태가 명나라 황제 만력제에게 '조선이 왜병을 끌어들여 명나라를 치려 한다'고 모함하는 무고 사건이 일어나자, 좌부승지 이정구가 명나라에 사신으로 갔다. 거짓임을 밝히는「무술변무주」를 지어 명나라와의 외교 마찰을 해결하는 데 크게 공헌하여 '구국의 문장가'로 이름을 떨쳤다.

이후 공조참판(종2품)으로 있을 때 진주사陳奏使 우의정 이항복의 부사로 명나라의 연경에 갔다. 연경에 머무는 동안 동지중추부사로 전임되었고, 연경에서 돌아온 후에는 노비 3인과 전답 20결을 하사받았다.

호조참판에 이어 호조판서(정2품)로 승차한 뒤, 국장도감 제조를 겸하다 예조판서로 전임되었다. 예조판서 겸 예문관 제학(종2품)을 겸하다 지문의 완성이 늦어진 것을 이유로 스스로 대죄를 청하고 벼슬에서 물러났다.

다시금 예조판서로 조정에 돌아와 동지사(종2품)를 겸하다가, 마침내 홍문관과 예문관의 대제학에 올랐다. 대제학으로 원접사를 겸했고, 이어 의정부 우참찬·예조판서와 동지중추부사를 겸했다. 이 무렵 임금의 명을 받고 내의원 제조(정2품)로서 『동의보감』의 서문을 지었다.

흔히 이조판서가 겸하는 내의원 제조를 겸했기 때문이었을까? 이정구는 성품을 수양하는 방법과 더불어 건강을 지키는 원칙도 후손들에게 전했다. 양성의 근본인 '십이소十二少' 곧 12가지를 적게 하라는 것이었다.

생각이 많으면 신경이 예민해지므로 생각을 적게 할 것, 염려가 많으면 뜻이 흩어지므로 염려를 적게 할 것, 일이 많으면 과로하므로 일을 적게 할 것, 말을 많이 하면 기가 적어지므로 말을 적게 할 것, 욕심이 많으면 뜻이 혼미해지므로 욕심을 적게 할 것, 근심이 많으면 두려움이 많아지므로 근심을 적게 할 것, 분노가 많으면 혈맥의 순환이 고르지 못하므로 분노를 적게 할 것, 싫어하는 것이 많으면 즐거움이 없으므로 싫어하는 것을 적게 할 것, 웃음도 지나치면 내장이 상하므로 웃음을 적게 할 것, 즐거움도 지나치면 뜻이 넘치므로 즐거움도 적게 할 것, 기쁨도 지나치면 착락錯落(생각이 흐트러짐)에 빠질 수 있으므로 기쁨도 적게 할 것, 좋아하는 것도 지나치면 정신이 헛갈려 올바르지 못할 수 있으므로 좋아하는 것도 절제할 것을 일렀다.

선조 37년(1604)에는 왕세자 책봉 주청사로 명나라 연경을 다시금 다녀왔다. 하지만 왕세자 책봉을 허락받지 못하면서 탄핵을 받았다.

이듬해 경기도 관찰사(종2품)를 시작으로 지춘추관사·호조판서·병조판서에 이어 대행대왕(선조)의 행장行狀을 지었으며, 왕세자 우빈객을 겸하다 성균관사를 거쳤다.

광해군 1년(1609) 다시금 대제학에 올랐다. 그 뒤 예조판서·이조판서 겸 약방 제조를 맡은 데 이어 왕세자 좌빈객을 겸했다. 숭정대부(종1품)로 승차한 뒤 예조판서 겸 홍문관과 예문관의 대제학·성균관사·왕세자 좌빈객·동지경연사까지 겸했다. 사은사에 이어 형조판서·호조판서를 역임한 뒤 좌의정(정1품)에 제수되었다. 지중추부사·판중추부사를 거쳤다.

광해군 10년(1618) 인목대비(영창대군의 생모)의 폐모론을 논하는 정청에 참여하지 않았다는 것을 이유로 김상용, 윤방, 정창연 등과 함께 탄핵받고 벼슬에서 물렀다. 이듬해 진주사로 명나라에 또다시 다녀왔다. 공조판서·병조판서·공조판서를 역임했다.

이정구는 사신으로 명나라를 모두 네 번이나 오갔는데, 네 번째 갔을 때는 병이 들어 귀국하지 못하고 반년 동안이나 연경에 체류하게 되었다. 그가 연경에 머물고 있다는 소식을 들은 명나라의 지식인들이 그를 만나기 위해 도처에서 찾아왔다. 사신의 숙소인 옥하관 앞에서 이정구를 한번 만나보기 위해 기다리는 사람이 장사진을 쳤다. 그러므로 병중임에도 제대로 쉬지 못한 채 붓을 들어 글을 써줘야 했다고 한다.

또 이때 이정구의 쌀밥에 관한 재미있는 일화도 함께 전해진다. 선조 32년(1599) 이정구가 명나라에 사신으로 갔을 때 명나라의 정승으로부터 조찬 초대를 받아 정승의 집에 갔다. 정승은 때마침 공무로 자리를 비운 상태였다. 그래서 이정구가 그만 돌아가려 하자, 그대로 보내면 결례가 된다고 생각한 정승 집안이 그를 붙잡고 주찬을 대접했다.

한데 이정구가 주찬을 한껏 대접받고도 자신은 식사 전이라며 돌아가고자 했다. 그러자 대접이 변변치 않았을지 모른다고 생각한 정승 집안은 이정구를 다시 붙잡으며 갖가지 음식을 여러 차례나 내왔지만, 이정구는 그걸 다 먹고 난 뒤에도 자신은 한사코 식사 전이라며 돌아가고자 했다.

결국 오전 내내 음식을 대접받고도 자신은 여전히 식사를 하지 않았다며 사신의 숙소인 옥하관으로 돌아가고 말았다. 나중에야 집으로 돌아온 명나라 정승이 이를 알고 "조선 사람은 따뜻한 쌀밥을 먹지 않으면 밥을 먹었다고 생각하지 않은데, 이러한 사실을 미리 집안사람들에게 일러두지 않은 나의 잘못이다"라고 했다고 한다.

또한 당시 명나라에선 개인 문집을 출판하는 일이 성행했기에, 명나라 지식인들은 그의 개인 문집을 얻고자 했다. 그래서 한성에서 연경까지 6,800리를 오가며 쓴 시 100여 수를 모아 '조천록'이란 제목을 붙여 내놓았는데, 명나라 지식인들이 출판함으로써 이정구는 자신의 개인 문집이 중국에서 출판된 조선왕조 최초의 문인이 되기도 했다.

예판에 아홉 번, 문형에 두 차례 오르다

　　인조 1년(1623) 예조판서에 제수된 데 이어 판중추부사와 판의금부사를 겸했다. 이듬해 이괄의 난이 일어나자 임금을 공주로 호종하고, 난이 평정된 뒤 공을 논할 때 이정구는 이미 보국숭록대부(정1품)에 올랐기 때문에 족속 중에서 6품으로 출사할 수 있는 은전을 입었다.

　　인조 5년(1627) 의정부 좌찬성(종1품)에서 병조판서로 제수되었을 때 평상시에도 군사를 뽑아 무예를 훈련해서 비상시에 대비할 것을 주청했다. 이듬해 우의정으로 다시 승차한 데 이어 좌의정으로 있을 때 인조의 생부인 덕흥대원군을 추숭하려 하자 이에 반대하고 좌의정에서 체직遞職(벼슬을 갈아냄)되는 것을 승낙받은 후 판중추부사로 자리를 옮겨 앉았다.

　인조 12년(1634)『대학연의집략』을 지어 바친 뒤, 이듬해 봄 그만 숨을 거두었다.

　『조선왕조실록』에 이정구의 졸기가 전해진다. "선조의 특별한 총애를 받아서 무술년에 아경(판서를 일컬음)에 올랐고, 신축년에는 예조판서가 되어 문형을 맡았으니 재상과 대신의 반열에 들어 있던 기간이 무려 40년이나 된다. 이정구는 기개가 뛰어나고 식견이 넓었으며, 평생에 말을 빨리 하거나 안색이 변하는 일이 없이 늘 대체를 잡고 포용하기에만 힘썼다. 문장을 지을 때도 아무리 고문대책일지라도 붓을 잡으면 그 자리에서 완성하였기에 마치 아무런 생각도 하지 않고 그냥 술술 짓는 것과 같았다. 이처럼 문장이 빼어나서 사람들의 입에 널리 회자될 정도였으니 그의 민첩한 재주는 남들이 따로 잡을 수 없었다. 광해군 때 이이첨의 무리가 권병權柄(사람을 마음대로 좌우할 수 있는 권력)을 남용하여 정치를 막장으로 모는 가운데 인목대비의 폐모론이 한창이었으나, 이정구는 끝까지 정청에 참여하지 않았다. 대론臺論(사헌부와 사간원에서 탄핵함)이 준엄해지자 도성 바깥으로 나가서 어명을 기다렸는데, 마침 큰 화를 면했다. 인조반정 후에 융숭한 은총을 받아 드디어 정승의 자리에까지 올랐다가 72세에 생을 마쳤다."

그는 생전에 후손들에게 이름을 얻는 데 넘치지 말고, 먹고 입으며 사는 데 넘치지 않는 '계일戒溢(넘침을 경계함)의 정신'을 강조했다. 그래서 수많은 후손이 고관대작이 되었으나 탐관오리가 없는 집안으로 회자되었고, 청백리만도 7명이나 배출하는 명예를 얻었다.

이정구의 부인 권씨도 평생 겸양과 검소를 실천하여 그의 뜻에 따랐다. 남편이 정승이 되고, 자식들이 높은 벼슬에 올랐지만 항상 소박하게 생활했다. 대체로 고관대작의 부인들은 자신의 신분을 고려해 화려한 옷을 입기 마련이었지만, 이정구의 부인 권씨는 그 같은 옷을 몸에 걸치지 않았다.

선조의 딸인 정명공주가 며느리를 맞아 지체 높은 집안의 부인들을 초대한 적이 있었다. 모처럼 나들이에 나선 지체 높은 집안의 부인들은 저마다 한껏 차려입었다. 모두가 화려하고 눈부신 옷차림이었다.

그런 가운데 눈에 띄는 모습이 있었다. 어떤 늙수그레한 부인이 교자에서 내려 지팡이에 몸을 의지한 채 들어오는데, 모두가 어느 이름 없는 가난한 선비의 노부인일 것이라며 그냥 우습게 보아 넘겼다. 그도 그럴 것이 베로 만든 치마에 치장도 하지 않은, 허름하기 짝이 없는 모습이었기 때문이다.

한데 노부인을 본 정명공주가 화들짝 놀랐다. 황급히 뛰어 내려가 노부인을 정중히 영접했다. 상좌에 모시고 공손히 예우하자 모두가 의아해했다. 노부인은 자신의 옷차림을 바라보는 주위의 시선에 조금도 개의치 아니하고 조용한 품위를 지키는 태도를 보였다. 이정구 집안의 '계일의 정신'을 보여주는 풍경이었다.

이정구는 예조판서를 아홉 번 지내고, 문형의 자리에 두 번 올랐다. 자신은 정승에 오르고 두 아들과 한 사위도 모두 높은 벼슬을 하였는데 내외손이 모두 수십 명에 달했다.

그가 졸하자 주상은 승지를 보내어 조문했고, 왕세자도 이정구를 사부로 모신 적이 있어 몸소 조문을 가니 그 집안을 모두가 영화롭게 여겼다. 그러나 어떤 이는 "그가 우유부단한 것을 애써 단점으로 여겼다."라고 평가했다.

저서로는 중국을 오가며 지은 『조천기행록』, 『월사집』 68권 22책이 있고, 『대학연의집략』을 지어 바쳤다. 명나라에서 정응태 무고 사건이 일어났을 때 「무술변무주」를 지어 명나라와의 외교 마찰을 해결하는 데 공헌했으며, 개인 문집이 중국에서 출판된 조선왕조 최초의 문인이기도 했다.

3대 대제학, 이정구-이명한-이일상

이명한은 이정구의 아들이다. 광해군 2년(1610) 과거 초시에 급제한 뒤, 광해군 8년(1616) 과거 대과에 급제하며 승문원 권지정자(정9품)로 출사했다. 이듬해 홍문관 전적(종6품), 공조좌랑(정6품)에 제수된다.

광해군 10년(1618) 폐모론이 한창일 때 정청에 참여하지 않은 일로 파직되었다가, 홍문관 부수찬(종6품)으로 복귀한 데 이어 다시금 수찬(정6품)으로 승차한다.

인조 1년(1623) 인조반정이 있은 뒤에 경연시독관·홍문관 교리(종5품)로 있으면서 북인北人 정파를 이끌고 있는 정인홍을 국문할 것을 청했다. 그 뒤 이조좌랑·관동 지방 암행어사·홍문관 수찬에 이어 사가독서에 선발되어 독서

했다. 이듬해 사간원 사간(종3품)·홍문관 부응교(종4품)를 역임했다.

이괄의 난(1624) 때 인조를 호종하고 이식과 함께 팔도에 보내는 교서를 작성했다. 이조참의(정3품)·동부승지·좌부승지·남양 부사·홍문관 부제학·사간원 대사간·호조참의·좌승지를 거쳤다.

임금이 문묘에 배향한 뒤 성균관 유생들로 하여금 제술製述(문장을 지음) 시험을 보도록 하여 성적이 우수한 몇 사람을 급제시키는 알성시에서 감독하는 일을 맡았다. 하지만 이명한은 그 일을 소홀히 했다는 이유로 좌승지에서 파직되었다. 이후 과거 시책을 출제하는 제술관을 맡으면서 사간원 대사간으로 복귀하였고 그 뒤 성균관 대사성에 제수되었다.

인조 17년(1639) 병조참판(종2품)·승정원 도승지·강원도 관찰사에 이어, 이조참의(정3품)·한성부 우윤(종2품)·사헌부 대사헌·예문관 제학을 겸했다.

인조 19년(1641) 승정원 도승지로 제수된 뒤 두 달여가 지나 대제학을 겸임하게 되었다. 아버지 이정구에 이어 2

대째 대제학에 오른 것이다. 이날 인조는 대제학 이명한으로 하여금 먼저 칠언율 한 수를 짓게 하고, 특별히 선발된 신하들에게 화답하는 시를 짓게 하며 경축했다. 이듬해 이조판서(정2품)로 승차한 후 우의정(정1품) 심기원이 사은사로 청나라에 갈 때 부사로 수행했다.

그러나 그 이듬해에는 고초를 겪는다. 명나라와 가까운 척화파로 지목되어 이경여, 신익성과 함께 청나라 심양까지 끌려가 용골대의 심문을 받고 억류되었다가 가까스로 돌아왔다. 청나라에서 돌아와 대사헌에 제수되어 세자우빈객을 겸했다.

그리고 다시 이듬해 좌빈객으로 청나라 심양에 들어가서 오랜 세월 볼모로 잡혀 있던 소현세자를 모시고 돌아왔다. 다음 해 명나라와 밀통한 자문咨文을 썼다 하여, 또다시 청나라에 잡혀갔다. 돌아와서 예조판서에 제수되었으나 그만 타계했다. 향년 50세였다.

『조선왕조실록』에 그의 졸기가 전해진다. "…사람됨이 시원스럽고 유쾌하고 풍류가 있었으며, 문사로 명성이 높아 마침내 대를 이어 문형을 맡았다. 이어 이조판서에 제수되었는데, 이때에 이르러 죽었다. 그의 아우 이소한도 빛나는 재주가 있어 화려하고 현달顯達(덕망이 높아 세상에 이름을 드러냄)한 관직을 두루 지내고 벼슬이 참판에 이르렀는데, 몹쓸 전염병으로 그만 형제가 함께 죽으니 사람들이 모두 탄식하며 애석하게 여겼다."

저서로는 『백주집』 20권이 있으며, 병자호란(1636) 때 명나라와 가까운 척화파로 지목되어 청나라 심양까지 붙잡혀갔던 의분을 노래한 시조 6수를 남겼다.

이일상은 이정구의 손자이자 이명한의 아들이다. 인조 6년(1628) 17세에 과거에 급제하여 세상을 놀라게 하였으나, 나이가 어려 출사하지 못하고 공부에 전념했다. 그로부터 5년 뒤 예문관 검열(정9품)에 제수된 데 이어 예문관 대교(정8품)·홍문관 부수찬(종6품)·사간원 정언·홍문관 수찬(정6품)·사간원 헌납(정5품)을 잇달아 역임했다.

병자호란이 일어났을 때 임금을 호종하지 못하고, 척화신의 입장에 서서 청나라와의 화의를 반대했다. 이후 청나라와의 화의가 이루어진 뒤 임금을 호종하지 못하고 화의를 반대한 일로, 전라도 영암에 이어 충청도 이원으로 유배되었다가 풀려나 대사간 사간(종3품)이 되었다.

효종 즉위년(1649)에 우승지(정3품)로 발탁되어 효종의 총애를 받으며 이듬해 사간원 대사간에 제수되었다. 왕세자를 책봉하는 책례 때 지교제로 죽책문을 짓고, 역적 김자점의 역옥을 치죄할 때 국청에 참여한 일로 홍문관 부제학·승정원 도승지에 제수되었다.

하지만 특진관 윤강이 탄핵을 받자 그를 구하려고 나섰다. 그것이 빌미가 되었다. 사사로운 벗을 아끼려는 마음으로 윤강을 구해주려 했다 하여, 효종의 노여움을 사서 파직당한다.

이후 영의정 정태화·좌의정 김육·부제학 민응형 등이 나서 올바른 일을 하였는데, 당여黨與(같은 쪽의 사람)를 비호한다고 의심하여 배척한 것은 지나치다고 변호하였기에 승정원 도승지로 복귀했다. 홍문관 부제학·사간원 대사간·성균관 대사성에 이어, 승차하여 사헌부 대사헌(

종2품)에 제수되었다.

효종 5년(1654) 인평대군 이요가 진하사로 청나라에 갈 때 부사로 심양을 다녀왔다. 그 직후 청나라의 실정을 보고하고, 효종의 북벌 계획 수립에 참여했다.

사간원 대사간에 이어 이조참판(종2품)·사헌부 대사헌·예문관 제학을 제수받은 뒤 『선조수정실록』의 편찬에 참여했다. 이후 성균관 대사성·경기도 관찰사·이조참판이 된 데 이어, 효종 10년(1659) 마침내 대제학에 올랐다. 할아버지 이정구, 아버지 이명한에 이어 자신까지 3대가 대제학에 오르면서 가문을 조선왕조에서 두 번째로 명문가의 반열에 올리는 영광을 누렸다.

현종 즉위년(1659) 이조참판으로 빈전도감 당상堂上을 지내고, 찬집청纂集廳 당상으로 「영릉지장」의 애책문을 지었다. 이듬해 예조참판에 제수되고, 실록청 당상으로 『효종실록』을 편찬하는 책임을 맡았다. 이후 군국軍國(국무를 중요 정책으로 삼는 나라)의 사무를 총괄하는 비국 제조를 겸했으나, 사사에 방해가 되니 비국의 자리에 참석하지 말고 찬수撰修(책을 펴냄)에만 전념하게 해달라고 상언하여 윤허를 받고 찬수의 일에만 전념했다.

그러나 이른바 세곡선稅穀船 사건으로 말미암아 남인 정파의 이지익으로부터 탄핵을 받았다. 그 뒤 병조참판·사헌부 대사헌을 역임하다가『효종실록』을 찬수한 공으로 정헌대부에 오르며 공조판서로 승차했다. 잇달아 예조판서·사헌부 대사헌에 이어 의정부 우참찬에 제수되었다.

이후 예조판서·의정부 좌참찬을 역임한 후 다시금 예조판서로 제수되었으나 넉 달여 뒤에 향년 54의 나이로 나이로 세상을 떴다.

찬집청 당상관으로 「영릉지장」의 애착문을 지었고,『선조수정실록』의 편찬에 참여했다.

4장

광산 김씨 가문,
해평 윤씨 부인

스무 살에 청상과부가 되다

조선왕조 세 번째 명문가 곧 삼한갑족은 광산 김씨 집
안이었다. 광산 김씨 집안이 발돋음하여 비로소 조선왕
조 '5대 명문가'로 떨쳐 일어난 계기를 만든 이로 흔히 사
계沙溪 김장생을 꼽곤 한다. 율곡의 학문을 계승한 수제
자이자 예학禮學의 태두로 평가받는 그의 명성이 높다.
특히 그의 예학론은 임진왜란(1592) 이후 문란해진 국
가 기강을 바로잡고 사회 질서를 유지하는 데 필요한 '
통通을 바르게' 하는 데 중점을 두면서, 당대 집권 세력의
정치적 이념을 뒷받침했다. 그는 훗날 아들 김집과 나란
히 문묘에 배향될 만큼 조선왕조 중기 학자로서의 위상
또한 드높았다.

그러나 애초 잣대로 삼은 "정승 열 명보다 대제학 한 명이 낫다"라고 한, 뭐니 해도 한 집안에서 대가 끊기지 않은 '3대 대제학'의 배출이 곧 국반의 으뜸이며 명성과 실상이 서로 꼭 들어맞는 최고의 명문가라 일컫는다면, 광산 김씨 집안의 해평 윤씨 부인(1617~1689)을 먼저 꼽지 않을 수 없다.

그녀의 둘째아들인 서포西浦 김만중과 손자 김진규가 남긴 행장 行狀(죽은 이의 생애를 기록한 글)을 중심으로 살펴보면, 해평 윤씨 부인의 할아버지는 정승과 같은 정1품 품계의 윤신지였다. 할머니는 선조(14대)의 따님이자 인조(16대)의 고모가 되는 정혜옹주였다. 아버지는 이조참판(종2품) 윤지였으며, 어머니는 홍씨 부인이었다. 아버지 윤지에게 다른 자녀가 없었기 때문에 해평 윤씨 부인은 아들이 없는 외동딸이었던 셈이다.

이런 가정환경 속에서 어린 시절을 보낸 해평 윤씨는 누구보다 할머니 정혜옹주의 귀여움을 한 몸에 받으며 자랐을뿐더러, 정혜옹주도 다른 손자가 없었기 때문에 그녀를 친히 안아 길렀다. 그녀에게 어릴 적부터『소학小學』을 외워 가르쳤는데 워낙 총명해서 한 번 일러주면 바로 깨달았다. 그런 아이를 보며 정혜옹주는 항상 "아깝다. 여자됨이여!"라고 말했다. 아이가 자랄 때 "의상과 음식을 풍족하고 사치스럽게 낭비하지 마라. 후일 빈한한 선비의 아내가 된다면 어찌 이와 같이 아니할 수 있겠느냐?"라고 강조했다.

이처럼 해평 윤씨는 남다른 궁중 예절과 교육을 온몸으로 체득해 나가게 된다. 윤씨 부인은 성장 과정에서 어머니인 홍씨 부인보다 할머니인 정혜옹주에게서 더 절대적인 영향을 받게 되었던 것이다.

그래서인지 할아버지 윤신지와 아버지 윤지가 나란히 앉아 혹 시험 삼아 시사 문제를 묻기라도 하면 모두 이치에 합당하게 답했다. 예측하는 것들 또한 대부분 어긋나지 않아 할아버지와 아버지를 기쁘게 했다. 사리가 밝음을 칭찬하지 않을 수 없었다.

이렇게 성장한 그녀는 성품이 너그러웠다. 자손을 어루만지고 노비들을 부릴 때에도 항상 넉넉히 베풀고 인자하게 대했다. 무엇보다 태도가 단아하고 방정하여 깨끗하였으며, 밝으면서도 준엄한 열장부烈丈夫(절개가 대단한 대장부)의 풍채가 있었다.

열네 살이 되자 광산 김씨 가문의 촉망받는 인물인 김익겸을 남편으로 맞이했다. 혼인할 때 할머니인 정혜옹주가 그녀에게 "너의 시댁은 예법의 가문이니 부인으로서의 법도에 어긋나서 나에게 수치스러운 일을 끼침이 없게 하라"라고 일렀다.

그녀의 시댁인 광산 김씨 집안은 당대에 이미 대표적인 가문이었다. 이 집안은 일찍이 신라의 왕자인 김흥광이 전라도 광주에 은거한 이후 크게 현달해서 고려왕조 땐 잇달아 여덟 명이나 평장사(정2품)에 올랐고, 조선왕조에 들어서도 이미 예학의 태두로 일컬어지는 김장생을 비롯해서 총명함과 박람博覽(널리 책을 읽음)으로 당대에 추승推陞(벼슬을 높여주는 일)받았던 사헌부 대사헌(종2품) 김계휘 등의 인물을 배출한 터였다.

윤씨 부인의 시아버지인 김반은 김장생의 3남이었다. 시아버지 김반은 아버지 김장생으로부터 학문을 이어받아 과거에 급제했다. 병조참판, 사간원 대사간, 사헌부 대사헌, 홍문관 부제학, 예조참판, 이조참판 등을 지냈다.

윤씨 부인의 시어머니 연산 서씨는 병조참판 서주의 딸이었다. 원만한 성품에다 빼어난 덕성을 갖추고 있었고 예절 교육을 받으면서 자랐으며, 출가한 뒤로는 대대로 이어오는 가풍을 지키면서 자녀들을 의롭게 가르쳤다.

해평 윤씨 부인의 남편 김익겸은 그런 김반의 둘째 아들이었다. 김익겸은 아버지 김반에게서 수학했으며, 결혼한 지 얼마 되지 않아 생원을 뽑는 생원시에서 장원으로, 진사를 뽑는 진사시에서 3등으로 각각 급제했다. 김익겸은 또 후금의 태종이 국호를 청나라로 바꾸자 이를 경축하는 사절로 간 이확 등이 조선왕조를 청나라의 속국으로 취급한 국서를 가지고 청나라 사신 용골대와 함께 귀국하자, 성균관 유생들과 함께 이들을 처형할 것을 주청한 절의파였다.

해평 윤씨 부인이 어린 나이에 출가하여 시집살이를 하였는데 시어머니인 서씨 부인은 단정하고 정숙하여 규문閨門(부녀자가 거처하는 곳)의 궤범軌範(본보기가 되는 법도)을 모두 겸비했다. 더욱이 집안에 동서와 시누이가 많았는데도 어린 그녀를 보고 마땅치 않게 여기는 이가 없었다. 이제 나이 열네 살의 어린 신부인데도 시댁 가족 모두에게서 칭찬을 받았다.

그런 소식을 시할아버지인 사계沙溪 김장생이 전해 듣고 기쁜 표정을 지으며 이렇게 말했다. "내 들으니 어린 신부가 심히 어질다 하는구나. 무릇 어미를 닮는 자식이 많다. 반드시 현자를 낳을 것이다. 내 비록 두 눈으로 보지는 못하였으나 실로 우리 집안이 흥하리라는 생각이 든다."

하지만 남편 김익겸과의 결혼 생활은 그리 오래 지속되지 못했다. 병자호란(1636)이 일어나 청나라 군사가 남한산성을 포위하자 김익겸은 강화도로 들어가 적군과 맞서 싸우다 성이 함락되기 직전에 남문으로 올라가 분신 자결했다. 향년 22세였다. 그의 이 같은 충절은 사후 아버지 김반과 함께 영의정으로 추증되는 영광으로 이어졌다.

훗날 해평 윤씨 부인은 손자 김진규에게 그날을 이렇게 회고했다. "병자호란 때 내 천행으로 죽지 아니하여, 성을 돌아보니 불꽃과 검은 연기가 하늘에 치솟고, 사방에서 죽고 신음하는 소리가 들려 살고 싶은 마음이 더는 없었다. 장차 바다에 빠져 죽기를 결단하고 물속으로 뛰어들어가 바닷물이 허리까지 차올랐는데, 그때 마침 노비들이 지나가는 배를 불러서 네 증조모가 나를 붙들어 배에 끌어올렸다. 그때는 네 숙부(김만중)를 잉태하여 달이 찼기 때문에 온몸이 얼고 젖어서 밤이 깊어질 때까지 정신이 돌아오지 않다가 가까스로 깨어났으니 이는 하늘이 나를 가엾게 여겨서 자손을 보존하려고 하시는 것이 아니었겠느냐. 내가 이렇게 살아날 수 있었다. 무릇 네 증조모가 능히 절개를 온전히 지켜 다시 살아남은 것 또한 참으로 천행이었느리라. 하지만 만일 다시금 난리를 당한다면 오직 죽기를 결단할 것이다."

이때 해평 윤씨 부인의 나이는 고작 스무 살이었다. 큰아들 김만기는 겨우 네 살이었고, 작은아들 김만중은 뱃속에 있었다. 다행히 친정어머니인 홍씨 부인이 성 바깥의 촌락에 머물렀기에 남편의 자결 소식조차 듣지 못한 채 서둘러 뱃길로 겨우 난리를 피할 수 있었다. 그러다 오래지 않아 남편의 비보를 전해 들었다.

어린 두 아들의 스승이 된 어머니

김만기와 김만중이 각기 여덟 살과 세 살이 되자 해평 윤씨 부인은 두 아들이 글공부를 하게 했다. 어느 정도 자세가 잡히자, 그녀는 친정아버지 윤지에게 외손자들의 스승이 되어줄 것을 부탁했다. 이조참판을 끝으로 벼슬길에서 물러난 친정아버지 윤지 또한 흔쾌히 수락했다. 두 아들의 유아기 교육이 순조롭게 진행되었다.

한번은 당대의 문장가인 이식이 친구인 김반을 만나러 집으로 찾아왔다. 이때 마침 큰아들 김만기가 『맹자』를 소리 내어 읽는 소리가 사랑방까지 들려왔다. 이식은 김만기의 글 읽는 소리를 잠시 듣더니 칭찬을 아끼지 않았다. "저 아이의 글을 읽는 소리를 들으니 능히 그 뜻을 이해하고 있는 듯하다. 장차 반드시 문장에 능할 것이다"라고 말했다.

작은아들 김만중 역시 젖을 먹을 때부터 어머니가 입으로 글을 가르쳐 주었다. 김만중 또한 어릴 적부터 총명하여 곁에서 형 김만기가 글 읽는 소리를 듣고 문득 대강의 뜻을 알아차렸고, 일곱 살 땐 문재가 이미 드러났다.

사람들은 일찍 남편을 여의었는데도 뜻을 가다듬어 고아를 기르는 해평 윤씨 부인과 함께 어린 형제의 재질이 기특함에 탄복했다.

하지만 근심거리가 아주 없지는 않았다. 친정아버지 윤지가 병으로 자리에 누웠다. 간병할 수 있는 자손이 없었기 때문에 그녀가 떠안아야 했다. 홀로 앉거나 눕거나 할 때 간호하고, 집안의 노비를 시키지 않고 약물을 맛보아가며 밤을 새우기 일쑤였다. 또 이따금 詩書(시와 글씨를 아울러 이르는 말)와 吏文(중국과 주고받던 문서에 쓰던 특수한 관용 공문의 용어나 문체)을 친밀히 주고받으며 병회病懷(병중에 돌아보는 회포)를 나누었으나, 그녀는 대개 눈을 붙이지 못하고 끼니를 거르는 일조차 심히 오래되었다.

한데도 친정아버지 윤지가 끝내 세상을 뜨고 말자, 친정어머니 홍씨 부인 또한 애통함과 신병 때문에 집안일을 보살피지 못했다. 나아가 자제들의 가사를 돌봐줄 만한 사람도 없었다.

그러므로 그녀가 홀로 모든 걸 떠맡아야 했다. 몇몇 여종과 함께 장례에 필요한 물품을 장만하고, 의상 침구와 제사 음식을 정결하게 마련했다. 그럼에도 예절에 맞지 않은 것이 한 가지도 없었다. 보는 이들이 특이하게 여겼다. 해평 윤씨 부인은 친정어머니인 홍씨 부인의 상을 당했을 때에도 다르지 않았다.

이처럼 해평 윤씨 부인의 시련은 좀처럼 끝날 줄 몰랐다. 친정아버지와 외손자들로 이루어진 돈독한 사제 관계와 함께, 그들은 두 아들의 일취월장하는 학문의 앞날에 서광이 비치는 것을 지켜보며 기쁨을 느끼는 것도 잠시였다.

이제 막 교육을 시작한 이듬해 그만 커다란 시련에 직

면해야 했다. 김만기가 아홉 살, 김만중이 네 살이 되었을 때 시아버지인 김반이 세상을 떴다. 뿐만 아니라 하늘처럼 믿고 기대었던 친정아버지 윤지마저 세상을 뜨는 고통을 겪어야만 되었다.

그녀는 거듭된 상으로 비통한 몸이었지만 어린 두 아들의 교육을 포기할 순 없었다. 더욱 마음을 다잡아 어린 두 아들을 위해 헌신하는 스승이 되기로 했다. 이제 그녀는 친정아버지의 자리를 이어 처음 교육을 시작했을 때보다 훨씬 더 성숙한 글공부에 매진하는 두 아들의 교육을 책임져야 했다. 밖에서 따로 스승을 모실 수 없었기 때문에 자신이 어린 두 아들의 스승이 되어『소학』에서부터『십팔사략十八史略』『당시唐詩』등을 집안에서 가학家學(집안에서 하는 공부)으로 직접 가르쳤다.

뿐만 아니라 어린 두 아들에게 허물이 있을 때면 반드시 손수 매를 잡고 울면서 "너희 아버지가 너희 형제를 내게 부탁하고 세상을 떠나셨으니 너희들이 만약 이와 같이 한다면 내가 무슨 면목으로 너희 아버지를 지하에서 다시 볼 수 있겠느냐? 학문을 하지 않은 채 살고자 한다면 빨리 죽는 것만 같지 못하다"라고 말했다.

훗날 형제가 장성해 큰아들 김만기가 20세에 과거 급제로 출사한 데 이어, 작은아들 김만중은 과거 문장 공부는 염두에 두지 않는 듯했으나 28세에 무난히 급제하여 벼슬길에 오르는 걸 보며 사람들은 이렇게 말했다. "그때 어머니의 애통하고 절박함이 그와 같았으므로 큰아들 김만기의 문장이 비록 타고났다고는 하나 그 공부가 일찍 성취될 수 있었던 건 오직 그처럼 격려한 힘이 컸고, 작은아들 김만중 역시 어둡고 미련하여 스스로 포기할 정도였으나, 어머니의 가르침이 지극하였기 때문에 성취한 것이었다."

아무렇든 해평 윤씨 부인은 혼신의 힘을 다해 어린 두 아들을 가르치는 한 편, 두 아들이 글공부에만 전념할 수 있도록 뒷바라지를 아끼지 않았다. 어머니의 그런 처지를 익히 알고 있는 두 아들 또한 모친의 지극 정성 속에서 자라며 학업에 매진했다.

또한 이복동생이 세상을 먼저 뜨자, 그의 고아를 데려

다가 자기 손자와 함께 글공부를 하게 했다. 이땐 그녀도 어느덧 나이가 들어 56세가 되었으나, 아직 손자들을 여럿이나 직접 가르치고 있었다. 그것은 즐거워서 하는 일이었기 때문에 힘이 든다는 생각을 하지 않았다.

이같이 모든 게 힘겨운 여건이었다. 하지만 공부란 환경이 반드시 받쳐주어야 한다는 걸 알기라도 한 걸까? 무엇보다 정서의 안정이 중요함을 안 때문이었을까? 해평 윤씨 부인은 초조해하거나 안달하지 않았다. 어린 두 아들의 정서적 안정을 도모하는 데 빈틈이 없도록 했다. 어머니로서의 처지와 스승으로서의 처지 간에 조화를 유지하면서, 어린 두 아들에겐 글공부를 독촉하는 법이 없었다.

같은 해 가을이 되자, 병자호란 때 강화도에서 죽음을 맞은 시어머니 서씨 부인과 남편 김익겸의 무덤을 파서 이장했다. 그녀는 어린 두 아들과 함께 뱃길로 강화도에서 한강에 이르러 시어머니 서씨 부인의 체백體魄(땅에 묻은 사체)은 시아버지 김반의 영구와 합폄合窆(여러 사체를 한데 묻음)하고, 시아버지 김반의 유언에 따라 그 뒤 쪽에 남편 김익겸의 시신을 안장했다.

그녀는 자신을 스스로 미망인이라고 일컬으며, 평생 몸에 빛나는 의복을 가까이하지 않았다. 나아가 연회에 참여하는 법이 없었으며, 음악조차 듣지 않았다.

해평 윤씨 부인이 살았던 17세기 중후반은 조선왕조로 보았을 땐 내우와 외환이 겹쳤던, 국가적 시련과 정치적 갈등이 극심한 때였다. 무엇보다 청나라에 굴복한 병자호란의 현장에서 겪은 충격이 엄청나게 컸다.

그러던 어느 날 해평 윤씨 부인의 집이 길가에 있었는데, 때마침 청나라 사신이 당도하여 주악 소리와 함께 울긋불긋하게 채색된 사다리가 문 앞을 지나게 되자 사람들이 몰려나와 구경했다.

한데 어린 큰아들 김만기는 혼자 문을 걸어 닫고 밖을 보지 않으면서 "원수 오랑캐를 위하여 저렇게 베푼 것을 내가 어찌 볼 수 있겠는가"라고 했다. 아버지 김익겸의 순국을 기억한 것이다.

조정 또한 잊지 않았다. 순국한 김익겸에게 특별히 사

헌부 지평(정5품)을 추증했다.

하지만 함께 살아가던 친정 부모가 모두 세상을 뜨면서 집안 형편은 더욱 어려워져만 갔다. 결국 그녀는 남의 옷을 대신 만들어주는 길쌈을 하여 끼니를 이어가야 하는 형편이었지만, 어린 두 아들이 그런 형편을 알면 글공부에 방해가 될 것을 염려하여 항상 태연한 자세를 잃지 않았다. 근심하는 모습을 일절 내비치지 않은 것이다.

어린 두 아들의 교육은 더더욱 포기할 수 없었다. 큰아들 김만기가 열세 살이 되자, 해평 윤씨 부인은 보다 학문이 높은 스승을 찾게 했다. 이조판서와 대제학을 지낸 작은아버지 김익희에게 글공부를 부탁하여 학업에 큰 진전을 보이도록 했다. 작은아들 김만중 역시 형의 스승을 따라 배우게 하다가, 나중에는 송시열의 제자가 되어 학업에 매진할 수 있게 했다.

그렇게 큰아들 김만기가 본격적으로 학업을 시작한 지 2년이 지난 뒤, 즉 그가 열 다섯 살이 되었을 땐 경서를 두루 읽고 시문을 지었다. 시문이 아담하고 유창하여 모두가 기특하다며 칭찬을 아끼지 않았다. 장차 대제학에 오를 것이라고 모두가 입을 모아 기대했다.

작은아들 김만중 또한 어느덧 일곱 살 때부터 남다른 문장의 재주가 발월하였다. 오래지 않아 형 김만기를 따라 곤잘 시를 짓더니, 열두 살이 되었을 땐 이미 과거 문장 공부를 할 수 있을 정도로 시 짓는 실력이 향상되었다. 더욱이 날이 갈수록 재주가 초월하여 옛 작가의 규범을 따르고 공부에 진력하였으나, 형과는 달리 과거 문장 공부는 염두에 두지 않는 듯했다.

집안이 어렵다고 낙담해선 안 된다

해평 윤씨 부인은 남편을 일찍 잃고 홀로 지냈기에, 큰 아들 김만기가 과거에 급제하여 벼슬길에 나아가기 전까지는 집안이 몹시 가난했다. 철마다 돌아오는 제사를 지낼 적에도 집안의 세간을 내다팔지 않으면 안 되었다. 날이 추워져도 땔감이 없었는데, 단지 족자 하나가 걸려 있어서 이것을 팔아 비로소 불사를 수 있었다. 또한 아침저녁이면 빚을 얻어다 겨우 지냈을 정도다.

그럼에도 근심하는 빛을 드러내지 않고 어린 두 아들에게 이렇게 당부하곤 했다. "집안이 어렵다고 낙담해서는 안 되며, 쓸모없다고 공부를 그만 두어서도 안 된다."오직 어린 두 아들의 학업이 진전되는 것을 기뻐했다.

어느 날인가는 큰아들 김만기가 글공부를 하고 있는데, 사촌이 찾아왔다. 그녀는 "공부를 쉬지 마라"라며 스스로 음식 대접을 게을리하지 않았기 때문에 가난하지 않은 집 같이 느끼게 되었다.

먹을 것이 떨어져서 베를 짠 옷감을 몇 말의 곡식으로 바꿀 때 즉시 부르는 값을 결코 깎아 부르거나 하지 않았다. 부르는 값 그대로 주거나, 만일 그 값이 뜻에 마땅치 않을 땐 사례하여 돌려보내고, 그로 인해 값이 싸고 비싼 것을 애써 다투는 법이 없었다.

더욱이 어린 두 아들이 한창 글공부를 시작하였을 땐 병자호란이 끝난 지 얼마 되지 않아 책을 구하기가 쉽지 않았다. 그녀는 먹는 곡식을 내놓고 『맹자』와 『중용』 같은 책을 구입해야 했다. 또 어떤 이가 『춘추좌전春秋左傳』을 팔고자 한다는 소문을 듣곤 큰아들 김만기가 간절히 갖고 싶어 했다. 하지만 여럿이 달려들어 책을 원하는 바람에 값을 감히 물을 수조차 없었다. 그러자 그녀가 베틀에 걸려있는 비단을 다 베어내어 그 값을 치러 책을 큰아들에게 안겨주었다.

그런가 하면 이웃하는 집에 옥당(홍문관)의 아전이 된 자가 있었는데, 해평 윤씨 부인은 그에게 간곡히 부탁했다. 옥당에 보관하고 있던 사서四書와 함께『시경언해詩經諺』까지 빌려다 밤을 지새워가며 그 많은 분량을 직접 원본을 모두 베껴 등초하였는데, 자획이 정교하고 섬세함이 마치 구슬을 끼운 것과 같았다. 구차한 구절이 하나도 없었다.

작은아들 김만중이 열네 살 되던 해였다. 글공부를 시작한 후 처음으로 공식적인 학교 시험인 상시를 치를 때 몸소 아들의 상투를 매어주고 시험장에 들여보낸 뒤, 온종일 가마 안에 앉아서 눈물을 흘리며 시험이 끝나기만을 기다렸다. 이날 상시에서 작은아들 김만중은 그런 어머니의 기대에 부응했다. 남보다 빼어난 문장 실력으로 급제했다.

두 해가 지난 열여섯 살 땐 과거 1차 시험인 초시에 급제한 데 이어, 2차 시험인 복시에도 당당히 급제하여 주위를 놀라게 했다. 하지만 과거 급제에 연연해하지 않다가 스물다섯 살 때 다시금 과거에 응시하여 초시를 급제한 데 이어, 스물여덟 살 때 장원 급제하면서 어사화를 머리에 썼다.

큰아들 김만기는 그보다 훨씬 이전에 과거 대과까지 급제하여 이미 벼슬길에 오른 터였다. 고작 스무 살 때였다.

그런 큰아들 김만기가 벼슬길에 나아가게 되자, 생신을 맞은 어머니를 위해 수연을 베풀 것을 간청하였으나 끝내 허락하지 않았다. 오직 자손이 과거에 급제한 경사에서만이 잔치와 풍악을 허락하면서, "이는 진실로 우리 가문의 경사일 뿐 내 한 몸의 사사로운 기쁨이 아니다"라고 했다.

겨울이 다가오자 그는 어머니를 위해 털옷을 지어드려 추위를 막고자 했다. 그녀는 드물게 입을 열어, "너의 정성으로 주는 것이기에 받아서 억지로 잠깐 입긴 하였다만, 내 성품이 이런 귀한 의복을 즐겨 하지 않는다"라고 잘라 말했다.

또 일찍이 큰아들 김만기가 경기도 한 고을의 원님이 되었을 적이다. 원님의 녹봉이 너무도 보잘것없어 어머니와 가족을 봉양하는 데 부족하다며 한탄했다. 그녀가 말하길, "다행히 국은을 입어 그나마 따뜻한 온돌방에서 삼식 끼니를 거르지 않으면 되었지. 이것이 부족하다면 또 어디서 만족할 수 있겠느냐? 네가 능히 원님의 직책에 마음을 다하여 백성들을 보살핀다면 그 봉양보다 더 자랑스러운 것이 또 어디에 있단 말이냐'라고 했다.

　나아가 해평 윤씨 부인은 손자들에게도 일상생활에서 검소해야 한다고 누누이 당부하곤 했다. 한번은 큰손자 김진규가 의복이 닳아 떨어져 기워달라고 하자, 어미 되는 며느리가 궁색하게 보인다며 입지 말라고 했다. 마침 곁에 앉아 있던 그녀가 며느리에게 이렇게 말했다. "어엄은 당연히 검약으로써 장부를 도와야 할 것이므로, 세상 사람들이 따르는 화려하고 사치스러운 것에 즐기는 태도를 본받지 마라. 미처 깨닫지 못해서 그러는진 몰라도, 비록 장부가 닳아 떨어진 옷을 기워 입었다고 사람들이 조롱하며 웃을지라도 어찌 부끄럽다고 생각해야 하겠느냐? 마땅히 즉시 옷을 기워 내 손자에게 입히도록 하거라." 며느리가 시어머니인 해평 윤씨 부인에게 곧바로 순종하자, 이번에는 큰손자인 김진규에게 "네가 벼슬길에 나선 이후에 입게 되는 의복을 그 전에 입던 베옷보다 화려하지 않게 입어야 하느니라"라고 말했다.

그런가 하면 여러 손자에게도 "너희는 오로지 학문에 힘쓰되 가난을 근심하여 이익을 얻고자 하는 것에는 마음에 두지 말아라. 사람이 비록 가난해질 수는 있으나, 차마 굶어죽는 사람은 극히 적으니라"라고 당부했다. 또한 "이 할미의 성정이 오활하여서 비록 부녀자로 태어났지만, 가산을 중히 여기지 아니하고 오직 학문을 귀히 여기는 걸 보면 전생에는 응당 사내였을 것이 틀림없다"라고 했다.

형제는 병판과 대제학, 손녀는 왕비

큰아이는 낭랑하게 시와 예를 소리 내어 외우고
작은아이는 글을 배우면서 젖을 떠나지 않았네
좌측엔 죽을 가지고, 우측엔 긴 매를 잡았네
가르침으로 사랑을 삼는 모정은 마냥 괴로웠겠지

큰아들 김만기가 광주 부윤(종2품)을 제수받아 부임했
을 때 동생 김만중이 형을 전송하면서 지은 시다. 어릴 적
에 모친에게서 글을 배우던 형제 간의 추억이 아련하게
묻어난다.

이후 큰아들 김만기는 병조판서(정2품)에 제수되었다.
이어 총융사를 거쳐, 드디어 '벼슬의 꽃'으로 불리며 "열

명의 정승보다도 한 명의 대제학이 낫다"라는 문형의 자리에 올랐다.

수년 뒤엔 형에 뒤질세라 동생 김만중도 마침내 대제학에 제수된다. 3대에 걸쳐 선善을 베풀어야 대제학(정2품) 한 명을 배출할 수 있다는, 국반의 으뜸이라 불리는 대제학에 형제가 나란히 올랐다. 조선왕조에서 처음 있는 경사였다. 이후에는 딱 한 차례 더 민점·민암 형제가 있었을 따름이다.

해평 윤씨 부인은 큰아들 김만기의 품계와 직위가 높아져서 이름이 알려졌을 때에도 기쁜 기색을 조금도 보이지 않았다. 한데 큰아들 김만기에 이어 작은아들 김만중마저 대제학이 되었을 땐 탄식하며 "내 홀로 너희 형제를 가르치며 너희가 고루하고 배움이 없어 네 아버지에게 수치와 모욕이 될까 봐 늘 걱정하였는데 이제야 거의 모면하게 되었구나"라고 말하면서 기쁨을 감추지 못했다.

이 무렵 어머니 해평 윤씨 부인의 나이가 많다는 걸 안 그가 어머니의 수의를 미리 마련하고자 했다. 이 사실을 안 그녀는, "병자호란의 난리 속에 너의 아버지 김익겸의 상사를 당하였을 때 재물이라곤 없어 장례의 예절을 제대로 갖추지 못한 점이 한두 가지가 아니었다. 이제 나에게 그보다 더 잘할 수 있겠느냐?"라고 물었다. 그가 전후의 가정 형편과 같지 않다고 대답하자, 그녀가 다시금 입을 열었다. "이 어미 또한 그것을 어찌 모르겠느냐? 다만 같은 무덤에 장사를 지내면서 후하고 박함이 서로 다르다면 내 마음이 어찌 편안할 수 있겠느냐"라고 했다.

몇 년 뒤엔 형 김만기에 이어 동생 김만중이 병조판서에 제수되었다. 보기 드물게 형제가 나란히 병판의 자리에 오른 것이다.

하지만 김만중은 병판 직을 사직하고자 굳게 결심했다. 병권을 쥐는 것을 즐거워하지 않았다. 즉시 바꾸지 못함을 더 깊이 고심했다.

그녀는 만류하지 않았다. 오히려 작은아들의 결심에 전적으로 힘을 실어주었다.

그러다 드디어 숙종의 윤허를 받아내어 병판 직을 사직하게 되었다. 그러자 그녀는 손자 김진규에게 이렇게 말했다. "너의 숙부가 거듭해서 상소하여 병판을 거두어주실 것을 간청함을 보니 이 할미의 마음이 안타깝더니 이제야 상감께서 소청을 들어주시니 내 마음이 심히 상쾌하였다"라고 하면서 가슴을 쓸어내렸다. 어떤 어미는 자신의 아들이 병판에 오르지 못해 안달이 나 속이 까맣게 타들어 간다는데, 스스로 병판의 자리를 내놓겠다는 이해할 수 없는 아들의 결심에 그녀는 시종 태연하기만 했다. 병판의 자리보다 아들의 결심이 더 가치 있다고 확신한 모습이었다.

그녀를 기쁘게 한 일도 있었다. 손녀(큰아들 김만기의 딸)가 열한 살 어린 나이에 세자빈으로 간택되는 집안의 경사를 맞았다.

해평 윤씨 부인은 손녀를 어릴 적부터 직접 품안에서 키웠다. 그녀가 반드시 바름게 가르쳤기에, 처음 간택되었을 때 주선에 응답하면서 말하기를 성인과 같이 하여 왕실 사람들이 모두 기뻐하고 탄복했다.

훗날 손녀는 숙종(19대)의 왕비(인경왕후)가 되었다. 이에 궁궐에서 담비 털옷을 해평 윤씨 부인에게 내려주었다.

하지만 한사코 아끼고 감추어둔 채 입지 않았다. 손자들이 담비 털옷을 입으라고 권하자, "왕실에서 은혜로이 내리신 것을 마땅히 귀하게 여기고 공경해야 하질 않겠느냐? 한데 어찌 감히 섣불리 입을 수 있겠느냐?"라고 했다.

그녀는 평소에도 음식과 의복을 모두 전통적인 방식을 고수하며 당시 유행에 일절 따르지 않았다. 손녀가 왕실과 인연을 맺고부터는 집안 식구들에게 더욱더 경계하여 책망하기를, "이상한 음식은 먹지 말고, 기묘하고 정밀하지 않은 것은 취하지 말아라"라고 했다. 이렇게 당부한 이유는 딴 게 아니었다. 흔히 왕실의 친척들이 숭상하는 바를 따라가다 보면 사람들이 장차 사가보다 사치한다고 지적할 것이므로, '마땅히 더욱 검약해야 한다'고 강조한 것이었다.

뿐만 아니라 그녀가 옛집에 머물 때부터 왕비의 할머니인 정경부인으로 정1품의 품계를 받았음에도 스스로 몸가짐이 빈천할 때와 조금도 다름이 없었다. 거처하는 방에 도배한 종이가 오래 된 휴지로 만들어져 헤어지고 더러워져 더는 쓸 수 없게 되었으나 바꾸지 않았다.

또한 집을 옮기면서도 자손들 가운데 가까이 거처하는 이가 있어, 도배한 종이를 그대로 두었다. 그러므로 훗날 새로이 혼인한 집에 왕실 사람들이 들어와 보고는 칭찬하기를, "정경부인이 존귀함으로서 그 검소함이 이와 같으니 진실로 세상에 드문 일이다"라고 입을 모았다.

해평 윤씨 부인은 이따금 손녀 인경왕후를 보게 되면 마음속으론 자랑스러워하면서도 스스로 경계하고는 했다. 옛 어진 왕비의 일화를 들려주며 사적인 혜택에 대해서는 전혀 언급하지 않았다. 그러므로 효종(17대)의 왕비인 인선왕후와 현종(18대)의 왕비인 명성왕후가 정경부인 해평 윤씨 부인을 공경하고 존중했다.

하지만 자랑스럽게 여겼던 손녀 인경왕후가 그만 19세에 승하했다. 숙종이 병석을 지켰는데도 천연두를 앓은 지 여드레 만에 숨을 거두고 말았다.

인경왕후는 2명의 공주를 낳았으나 둘 다 일찍 죽었다. 세 번째 아이는 유산했다. 자식이 없었기 때문에 평소 사용하던 의복이나 기물을 넘겨줄 왕자나 공주가 없었다. 현종의 왕비 명성왕후가 "내가 차마 남긴 물건을 안타까

워 보지 못하겠구나. 이제 이 물건들은 인경왕후의 본가에 주고자 한다. 나의 뜻을 전하거라"라고 말했다. 이 소식을 전해들은 해평 윤씨 부인이 이렇게 말했다. "인경왕비께서 비록 불행하시어 아들이 없으셨으나, 훗날 나라에서 자손의 경사가 있으시면 이 또한 인경왕후의 자손이시니 궁궐에 저장하여 기다림이 옳을뿐더러, 궁궐에서 사용하는 귀한 물건을 어찌 감히 사가에 둘 수 있겠습니까? 궁녀가 해평 윤씨 부인의 답변을 그대로 복명하자 명성왕후가 크게 칭찬하면서, "내가 진실로 본가의 훌륭함이 이렇게 처리할 줄 짐작했다"라고 기뻐했다. 숙종도 이 말을 듣고 "이는 실로 사군자의 행실이로다"라고 해평 윤씨 부인을 치하했다.

큰아들은 일찍 죽고, 작은아들은 귀양 가고

해평 윤씨 부인의 전 생애를 통해서 숙종 13년(1687)은 가장 슬픈 해였다. 집안의 자랑이었던 손녀 인경왕후를 잃은 지 7년 뒤, 병조판서와 대제학에 오른 큰아들 김만기가 칠순을 넘긴 늙은 어머니를 두고 먼저 세상을 떴다. 불과 지천명도 다 채우지 못한 아까운 나이였다. 자손들은 늙은 어머니에게 상중에 입는 최복을 차마 드리지 못했다.

그녀가 자손들에게 물었다. 어찌해서 자신의 상복을 만들지 않았느냐고 했다. 자손들이 대답하길 우리나라 풍속에 부녀자들은 오직 3년 상에만 최복을 갖추고, 상례가 1년인 기년복 이하는 다만 의대만으로 성복을 하는데, 이번 상은 기년복에 해당하므로 최복을 따로 만들지 않았다고 했다. 그러자 장남의 복을 어찌 다른 기년복에 비하겠느냐며 예문과 같이 성복했다.

작은아들 김만중은 그런 늙은 어머니가 걱정되었다. 상을 당해 아침저녁으로 슬퍼하며 눈물을 그칠 줄 모르자, 병환이 생길까 봐 염려하여 자신의 집으로 모시고자 했다.

그녀는 손을 내저었다. 자신은 비록 늙고 병들어 제사에 참여치는 못하지만, 조석으로 곡소리를 들으면 자신이 참제懺除(죄를 고백하여 속죄함)를 해야 할 것만 같은 생각이 든다고 했다. 만일 작은아들의 집으로 간다면 어떻게 마음을 진정할 수 있겠느냐고 반문했다. 더욱이 여러 손자를 보고 있으면 그 아비를 보는 것과 같은데, 만일 작은아들의 집으로 가고 만다면 그 손자들이 어떻게 자신을 자주 찾아주겠느냐며 여러 번의 간청에도 불구하고 따르지 않았다.

그러나 슬픔은 거기서 그치지 않았다. 손녀 인경왕후와 큰아들 김만기가 세상을 뜬 것도 모자라, 이번에는 작은

아들 김만중마저 늙은 어머니 곁을 떠나지 않으면 안 되었다. 작은아들 김만중이 숙종의 애첩인 장희빈 일가의 전횡을 비난하는 상소를 올렸다가 경상도 남해의 작은 섬인 노도로 귀양을 가게 된 것이었다.

그는 귀양길에 오르기 전에 이미 곤장 백 대를 맞아 사망 직전에 이른다. 그런 작은아들 김만중이 초주검이 되어 귀양길에 오르자, 그녀는 도성 밖에서 잠깐 전송할 수 있었다.

"나는 염려하지 마라."

늙은 어머니는 단 한마디만을 했을 따름이다. 아들의 손을 그만 놓아야 했다. 아들이 시야에서 사라질 때까지 그 자리에서 뜰 줄을 몰랐다.

하지만 그녀 곁에는 여러 손자가 남아 있었다. 남은 손자들을 또 길러내야 했다.

그녀는 천성이 글을 좋아하여 늙어서도 글 읽기를 중단하지 않았다. 더욱이 역대의 치란과 명신의 언행을 즐겨 읽었는데, 그 읽은 대목을 새겨두었다가 이따금 손자들에게 가르쳐주었으나 어두운 부분에는 마음에 두지 않았다.

또 이미 나이가 많이 들었는데도 손수 바느질을 그치지 않으면서, 자손들이 수고롭게 하지 말기를 청하면, "사내가 책을 읽고, 여자는 바느질을 함은 곧 직분이다. 내 비록 늙었으나 어찌 편안하게만 있겠느냐? 본디 바느질하기를 좋아하는 성품이나 괴로움이 없다"라며 거절했다.

하지만 그녀는 손녀 인경왕후와 큰아들 김만기의 상을 당하는 아픔을 겪으면서 몸에 병이 생겼지만, 늙어서도 총명함이 줄지 않아 눈빛이 늘 맑고 밝아 소년같이 등불 아래에서도 작은 글자를 볼 수 있었다. 어렸을 때 배운 구두점을 다 기억했다. 그러므로 손자들이 두려워하면서도 귀엽게 대하여 줄지어 곁을 떠나지 않아 적적한 날이 없었다.

무엇보다 손자들의 책 읽는 소리를 좋아했다. 여러 손자가 곁에 한데 모여 글을 읽을 때 '~이오' 하는 소리가 유난히 도드라지게 들리기 마련인데, 조용히 요양해야 할 노모가 혹 병환 중에 해로울 것을 염려하여 물으면 한결

같았다. "나는 이 소리가 좋다. 비록 크게 난다 할지라도 내게는 조금도 시끄럽게 들리지 않는다"라고 글 읽는 손자들을 다독였다.

그러나 큰아들 김만기가 서둘러 세상을 뜬 이후로는 공양의 풍성함이 이전에 비해 눈에 띌 정도로 줄었으나, 마음은 여전히 편안해 보였다. 평생 검약해온 천성이 그대로 비쳤다. 혹 세속의 부인들이 노모 봉양에 풍성하다거나 박약함을 가지고 이런저런 말들을 하였지만, 그녀는 좋은 음식이 많이 있는 것을 보면 불편하게 생각했다.

그런가 하면 큰손자인 김진규가 관찰사(종2품)로 재임하던 중에 그녀의 생일을 맞아 관할 내의 수령이 옛 규례에 따라 폐백을 보내왔다. 수령의 집안과는 대대로 친하게 지내온 통가通家(집안 대대로 친하게 지냄)의 자제였다. 그러므로 모든 사람이 의리로 보아 가히 사양할 수 없다고 하였으나, 그녀는 끝내 받지 않았다. 어지러운 세상에 교묘한 사기로 아전과 시정배들이 청탁을 일삼고, 임관한 존속의 부녀들이 뇌물을 받는 행위가 있기 때문이었다. 손자로 하여금 경계하게 하기 위함이었다.

죽는 날까지 손자를 가르치고 바느질하다

해평 윤씨 부인은 큰아들 김만기와 작은아들 김만중이 벼슬길에 오른 이후부턴 간단한 편지도 오가지 못하게 했다. 이것만으로도 벼슬길에 오른 두 아들의 다른 것조차 가히 짐작할 수 있었다. 사람이 화를 당하거나 곤궁해져도 민망하게 여기지 않고, 귀한 신분에 올랐음에도 교만하지 않았다. 참혹한 화를 만나면 차마 감내하지 못할 일이지만, 의리와 운명에 조금도 흔들리거나 위축되지 않았으니 이것은 남들보다 뛰어난 천성만이 아니었다. 책을 널리 읽고 역사마저 살핀 힘에 있었다. 그렇기에 친척과 이웃에서 보기를 엄한 스승과 같이 여겨 모두 모범으로 삼게 되었다.

그녀에게 두 아들은 더할 나위 없는 마음속의 자랑거리였다. 무엇보다 출사한 두 아들의 주장과 처사가 의리에 합당하여 궁중의 풍화를 돕고, 영광스럽게 임금의 표창을 받고 또한 문형에까지 올랐으니 이것은 당대의 가문들에서 좀처럼 보기 드문 일이었다.

이른바 "여자가 선비의 행실을 지녔다"라는 옛말이 있다. 그녀는 진실로 그와 같이 한 점 부끄러움 없이 평생을 살았다.

옛글에 "선을 쌓은 집안은 반드시 남는 경사가 있다"라고 했다. 『서전』에서도 "가득하면 해로움을 부르고, 겸손하면 유익함을 받는다"라고 하였듯이, 그녀는 평생 선을 쌓고 보탬을 받는 도에 적합했다.

일찍이 남편을 잃고 많은 어려움을 겪었으나 오래되지 않아 손녀인 인경왕후마저 승하하여 커다란 슬픔을 안으로 삭히지 않으면 안 되었다. 게다가 큰아들 김만기가 효성을 다하여 봉양함을 마치지 못한 채 먼저 세상을 떴고, 그 이후에도 유배 때문에 작은아들과 손자들이 나뉘고 흩어져서 가슴이 찢어지는 슬픔을 홀로 감내해야 했다.

물론 이러한 슬픔은 사람에게 보답하는 하늘의 이치를 의심케 하는 일이었다. 그럼에도 비록 세상의 선과 복을 향유하고 평생을 부귀영화를 누리며 살았다 하더라도 죽는 날 남들로부터 칭송받을 만한 사실이 없다고 한다면, 이것은 진실로 부끄러운 일이 아닐 수 없다고 그녀는 누누이 말해왔었다. 그러면서 오래 살길 스스로 바라지 않았다. 조부인 문목공(윤신지)이 옛날에 그녀에게 "너는 마땅히 두 아들의 영화를 두루 보겠지만, 수한壽限(타고난 수명의 한정)을 오십이 지나지 못하리라"라고 말했음을 상기했다. 한데 어찌 박한 목숨이 이제까지 죽지 않고 살아있는 줄 모른다며, 조부가 자신의 수명을 짐작하는 것이나 사람들이 점을 치는 것을 믿지 못할 일이라고 했다.

　조부 윤신지는 대개 음양오행서를 깊이 알아서, 사람의 수요와 귀천을 추산하면 맞지 않는 경우가 적었다. 아울러 그녀가 총명하기 때문에 그 비법을 전해주고자 했으나 그녀가 사양했다. 만년에 이르도록 여러 분야의 책을 두루 읽다가 여가에 잠시 자미수를 보면서, 혹 자손과 친척의 명수를 희롱하여 수를 놓아 소일하면서도 끝내 믿지 않았다.

하지만 만년에 이르러 작은아들에게 속내를 털어놓았다. 자신의 목숨이 금년 안에 다하게 된다고 말했다. 과연 그러한 예측이 들어맞게 된 것이다.

더욱이 그녀에게는 평소에 기침 증상이 있었다. 한데 나이 들면서 몹쓸 질환이 재발했다. 그러던 중에 큰아들 김만기의 상을 당한 이후에도, 연이어 작은아들 김만중과 두 손자마저 유배를 떠난 뒤부터 근심과 슬픔 때문에 병이 더욱 심해졌다.

하지만 그녀는 젊어서부터 병환이 들어서도 탕약을 들지 않았다. 중년 이후로는 비록을 자손을 위하여 억지로라도 먹었지만, 비싼 약재나 인삼 같은 것은 거의 먹지 않았다.

한데 추운 계절이 다가오면서 병환이 위중해져 의원이 마땅히 인삼을 많이 써야 한다고 했다. 손자 김진규도 할머니를 심히 걱정한 나머지 인삼탕을 달이는 데 동의했다. 그녀는 병환 때문에 혼침昏沈(정신이 희미해짐)하여 미처 살피지 못한 채 탕약을 먹었는데, 병에서 회복된 다음에 탄식하며 너희가 나를 속여 또 구차하게 목숨을 건지게 되었다고 한숨지었다.

당시엔 우유가 몹시 귀했다. 그런 우유를 끓여 만든 타락죽을 달인 약을 제호탕이라 일컬었다. 늙은 사람에겐 더없는 보양식이었는데, 손자 김진규가 마련한 제호탕을 끝내 물리쳤다. 홀로 검약하고자 하는 것보단 남편을 잃은 병자호란 이후 잔치에 참례하지 않고 음악도 듣지 않는 것과 같은 뜻에서였다.

하지만 겨울이 더욱 깊어지면서 병환이 위독한데도 오히려 손자들과 증손자들에게 "가정에 환란이 왔다고 위축되지 말고, 당장 쓸데없다고 해서 학업을 중단하지 말라"라고 당부했다. 아침저녁의 밥상에 조금만 색다른 반찬이 올라와도 기뻐하지 않고 우리 집 음식은 본래 이와 같지 않았다고 엄중히 훈계했다.

해평 윤씨 부인은 작은아들 김만중과 두 손자가 유배를 떠난 이태 뒤 향년 72세를 일기로 생을 마감했다. 그녀는 세상을 뜨기 며칠 전까지만 해도 조용히, 오직 근검으로 며느리와 손자며느리를 경계하는 걸 멈추지 않았다. 그 밖에는 오직 귀양 가 있는 작은아들 김만중과 두 손자가 고생하고 있는 것만을 말하면서, 다른 자손에 대해선 일절 염려하지 않았다.

3대 대제학, 김만기-김진규-김양택

김만기는 예학禮學의 태두로 평가받는 사계沙溪 김장생의 증손자이자 해평 윤씨 부인의 큰아들이다.

김만기는 효종 3년(1652) 과거 초시에 급제한 뒤 이듬해 대과에 급제하면서 승문원 부정자(종9품)로 출사했으나, 사헌부에서 이를 문제 삼았다. 김만기가 질병으로 한쪽 눈이 먼 것을 이유로 반대하고 나섰으나, 효종이 이를 듣지 않고 제수했다.

이어 예조와 병조의 낭관을 거쳐 사헌부 지평(정5품)·홍문관 수찬(정6품)·사간원 정언·홍문관 교리(종5품)를 역임했다. 홍문관 교리로 있을 때 '오례의五禮儀'의 복상 문제 등에 잘못이 있다며 고쳐야 한다고 상소했다. 이후

사간원 정언에 이어 사헌부 지평·홍문관 부수찬을 역임
했다.

현종 즉위년(1659)에 효종이 승하하면서 자의대비의
복상 문제로 논란이 일자, 기년설을 주장하면서 3년설을
주장한 남인 정파의 윤선도와 대척점에 섰다. 그 뒤 홍문
관 부수찬·사헌부 지평·홍문관 교리·사간원 헌납(정5품)·
홍문관 수찬 겸 관상감 측후관(정6품)·이조정랑에 이어
사간원 헌납으로 있을 때 이민서와 합세하여 병조판서 허
적을 배책排笮(배척하고 핍박함)했다. 같은 해에 홍문관
수찬으로 있을 땐 가까운 이웃까지 침하하여 징수하는 폐
단과 사헌부나 사간원의 대간을 자주 바꾸는 폐단에 대
해 상소했다.

현종 4년(1663) 승차하여 사헌부 집의(종3품)·홍문관
응교(정4품)에 제수되었다가, 다시 사헌부 집의로 전임
되었다. 이때 병조판서 김좌명이 예조판서 김수항을 능
멸했다고 탄핵한 데 이어 임의백의 문제로 박세당을 비판
하며 자신의 직책에서 물러났다.

현종은 김만기를 사헌부 집의에 다시 제수했으나 응하

지 않아 면직되었다가, 이듬해 부응교(종4품)로 조정으로 돌아와 위기에 처한 남구만 등을 변호했다. 이후 승차하여 사간원 사간(종3품)·의정부 사인(정4품)에 이어 또다시 승차해서 승정원의 동부승지(정3품)로 부임하면서 고위 관료인 당상관이 되었다.

그 뒤 승차해서 전라도 관찰사(종2품)·사간원 대사간(정3품)·우승지·좌승지를 역임했으나, 김좌명에게 논박당했다는 이유로 벼슬에서 물러났다.

2년여 뒤 사간원 대사간이 되어 조정으로 다시 돌아왔다. 그 뒤 좌승지·홍문관 부제학·이조참의·성균관 대사성을 두루 거쳤다.

이후 김만기의 딸은 세자빈으로 간택되어 궁으로 들어갔다. 그 뒤 김만기는 예조참판·대사성·홍문관 부제학을 역임했다.

현종 13년(1672) 권점에서 9점을 받고 한성부 좌윤(종2품) 겸 마침내 대제학에 올랐다. 다시 호조참판·동지의금부사를 역임한 데 이어 병조판서(정2품)로 승차했다. 이후 세종대왕의 왕능을 경기도 여주의 영릉으로 이장할 때

산릉도감의 당상관을 맡았으며, 병조판서로 있으면서 조곡을 받을 때 이자를 면제해주라고 상소하여 윤허를 얻어냈다.

현종 15년(1674) 병조판서 겸 대제학으로 국장도감의 당상관을 맡으면서 애책문 제술관이었다. 같은 해 2차 예송 논쟁이 불거지자 자의대비의 3년 상을 주장했다.

숙종 즉위년(1674)에 왕세자(숙종)의 즉위 교서를 짓고, 왕비의 아버지인 국구로 영돈녕부사(정1품)와 호위대장을 겸했다. 하지만 국구로서 오른 광성부원군을 제외한 나머지 모든 직임을 사양하면서 문형·경연·춘추관·주사·진휼청·선혜청 등의 직임에서 물러났다. 이듬해 5군영의 하나인 총융청의 총융사(종2품)·상의원 제조에 제수된 데 이어 김수항의 천거로 다시금 대제학에 올랐다.

숙종 6년(1680) 훈련대장(종2품)에 제수된 데 이어, 같은 해 일어난 경신환국 때에는 남인 정파와 싸워 허적의 서자 허견과 왕실의 복창군·복선군·복평군 등의 역모를 다스렸다. 공로로 분충효의병기협모보사공신 1등에 책록되었다.

숙종 12년(1686) 동생 김만중이 형 김만기에 이어 대제학에 올라 처음으로 형제 대제학이 탄생했다. 그러나 이듬해 김만기가 병이 위독해지자 아들인 전라도 관찰사 김진귀를 상경하게 했으나, 향년 55세를 일기로 그만 타계했다.

저서로는 『서석집』이 있다.

김진규는 김만기의 아들이다. 숙종 8년(1686) 초시에 장원으로 급제한 데 이어 4년 뒤 대과에서 다시 장원 급제하며 사헌부 지평(정5품)으로 출사했다.

이후 이조좌랑(정6품)으로 제수되었으나, 기사환국(1688)으로 남인 정파가 재집권하게 되면서 형 김진귀와 함께 거제도로 유배되었다. 2년여 뒤 갑술옥사로 숙종의 계비인 인현왕후가 복위되고 서인이 정권을 잡게 되자 사헌부 지평으로 조정에 돌아왔다.

홍문관 수찬(정6품)으로 있을 때 아버지 김만기의 무죄를 상소했다. 사간원 헌납(정5품)·홍문관 부수찬(종6품)·이조좌랑·홍문관부교리(종5품)·이조정랑(정5품)에 이어 승차해서 홍문관 부응교(종4품)에 제수되었으나, 노론과 소론의 대립이 심해지자 소론인 남구만에 의해 척신으로 월권행위를 많이 한다는 이유로 탄핵받고 삭직당했다.

그 뒤 홍문관 부교리로 복직되었다. 홍문관 부응교에 이어 승차해서 당상관인 동부승지(정3품)에 제수되었을 때 스승인 송시열을 배반했다는 이유로 소론을 이끌고 있는 윤증을 공박했다.

숙종 26년(1700) 승지(정3품)·사간원 대사간에 이어 성균관 대사성(정3품)으로 제수된 데 이어 승차해서 홍문관 제학(종2품)·이조참판·예문관 제학·성균관 대사성을 다시 역임했다. 성균관 대사성으로 재임할 때 성균관 유생들을 비난하는 상소를 올렸다. 이 일로 사간원 정언(정6품) 이해조의 탄핵을 받고 체직되었다가 형조참판으로 조정에 복귀했다.

이후 호조참판·병조참판에 제수되었으나 반대 정파인 소론의 홍문관 수찬(정6품) 조태일의 탄핵을 받고 삭탈되어 향촌으로 내쫓겼다가 다섯 달 뒤에 석방되었다.

숙종 36년(1710) 성균관 대사성으로 조정에 돌아온 데 이어 마침내 대제학에 오르면서 아버지 김만기에 이어 2대 대제학에 오르는 영광을 누렸다. 이후 승차해서 동지중추부사(종2품)·한성부 좌윤·예조참판을 거쳤다.

숙종 38년(1712) 다시금 승차해서 형조판서가 되었다. 이때 과옥을 지체한 일로 형조판서에서 파직되었다. 이내 예조판서로 제수된 데 이어 의정부 우참찬·좌참찬을 거쳐 지돈녕부사를 제수받았다가 공조판서에 제수되어 도사도감 제조를 겸했다.

숙종 40년(1714) 강화 유수留守로 나가 강화도의 형편과 이해를 진달하고 예문관 제학(종2품)으로 조정에 돌아왔다. 이듬해 향년 59세로 타계했다.

저서로는 『죽천집』이 있고, 편서로는 『여문집성』이 있다. 서예의 전서체와 예서체에 조예가 깊고 산수화·인물화에 능해 신사임당의 그림이나 송시열의 글씨에 대한 해설을 남기기도 했다.

김양택은 김만기의 손자이자 김진규의 아들이다. 영조 19년(1743) 과거에 급제하여 출사하였으나, 사람들이 과거에 응시하지 못하도록 주도한 일로 문외출송되었다. 이듬해부터 왕세자의 학문을 담당하는 시강원 설서(정7품)·사간원 정언(정6품)·시강원 문학(정5품)에 제수되면서 승승장구했다.

이후 홍문관 부수찬(종6품)에 제수되었다. 좌의정 정석오를 논박하다가 당습黨習(무리지어 다른 쪽을 배척함)을 이유로 외직인 산음 현감으로 좌천되었다가 홍문관 수찬(정6품)으로 조정에 복귀했다.

하지만 이듬해 친제 때에 진참進參(제사에 참석하는 일)하지 않은 일로 숙천부에 투비投畀(죄인이 일정 장소로 귀양가는 일)되었으나, 곧이어 같은 품계의 시강원 사서에 제수되었다. 홍문관 부교리(종5품)·홍문관 교리(정5품)·홍문관 수찬(정6품)·사간원 헌납(정5품)을 두루 거쳤다.

영조 27년(1751) 존숭도감 낭청으로 재임하면서 공로를 인정받아 당상관인 통정대부(정3품)로 승차했다. 그 뒤 영변 부사(종3품)·사간원 대사간(정3품)·동부승지·승문원 부제조·성균관 대사성에 이어 승차하여 황해도 관찰사(종2품)로 나갔으나, 청나라에서 사신이 왔을 때 접대를 소홀히 했다 하여 파직되었다. 이후 홍문관 부제학으로 조정에 복귀하였고 이어 충청도 관찰사로 나갔다가, 홍문관 부제학으로 다시 돌아왔다.

그 뒤 같은 품계의 가선대부로 조정에 돌아온 뒤 원손의 사부가 되어 원손(훗날 정조)을 가르쳤다. 사헌부 대사헌·성균관 대사성에 이어 마침내 대제학에 올랐다. 할아버지 김만기, 아버지 김진규에 이어 자신까지 3대가 대제학에 오르면서 가문을 조선왕조에서 세 번째로 명문가의 반열에 올리는 영광을 누렸다.

하지만 행공行公(공무를 집행함)한 일이 없어 대제학에서 체직되었다. 이조참판과 성균관 대사성을 겸하다가 공조판서(정2품)로 승차했다. 한성부 판윤·병조판서·이조판서를 역임하다가 다시 대제학에 올랐다.

영조 39년(1763) 형조판서·판의금부사(종1품)·이조판서 겸 수어사(종2품)·한성부 판윤에 이어 이조판서에 제수되었으나, 병조판서 이익보와는 사돈 관계이기 때문에 사직 상소를 올려 윤허를 받은 후 수어사를 맡았다.

이후 판의금부사(종1품)·한성부 판윤·내국 제조(정2품)에서 우의정(정1품)으로 승차했다. 판중추부사(종1품)에 이어 내국 도제조(정1품)에 제수되었으나, 사직 상소를 올려 체직을 윤허받았다.

그 뒤 좌의정·판중추부사로 있을 때 홍봉한의 치사를 보류하라고 연명을 올린 일로 판중추부사에서 체직되었다가, 같은 품계의 영중추부사에 제수되어 현종의 옥책문을 지었다. 하지만 아들을 가르치지 못하였다 하여 파직된 뒤 같은 품계의 영돈녕부사로 조정으로 돌아왔다.

이듬해 내의원 도제조(정1품)·판중추부사를 맡은 데 이어 정조 즉위년(1776)에 승차하여 영의정에 올랐다. 이후 패리悖理(이치에 어긋남)하고 부도덕한 말을 듣고도 게으름을 부려 시간만 보냈다는 이유로 영상 자리에서 삭직되었으나, 곧바로 영의정으로 복귀했다.

그러나 사헌부·사간원·홍문관의 삼사가 합계하여 올린 상소로 영상 자리에서 삭직된 뒤 문외출송되었다. 그 사흘 뒤 곧바로 영돈녕부사로 다시 조정으로 돌아온 데 이어 찬집청 도제조(정1품)·영돈녕부사에 제수되었으나 그

해 여름 세상을 떴다.

그러나 아들 김하재가 이조참판으로 있을 때 제주 목사(정3품)를 천거한 일이 잘못되어 파직되었다가 복직되었는데, 이듬해 윤득부의 유배와 관련되어 다시금 파직되었다. 이에 불만을 품고 같은 해에 영희전 고유제의 헌관獻官(제사 지낼 때 임시로 임명한 제관)으로 분향한 뒤에 정조의 실덕과 사림을 장살할 것 등을 내용으로 하는 쪽지를 예방승지(정3품) 이재학에게 건넸다가, 사실이 탄로나 추국당한 뒤 대역부도의 죄인으로 죽임을 당했다.

김하재가 죽임을 당한 뒤 명문가의 가산이 적몰되고, 살던 집을 허물어뜨려 연못을 만드는 형벌을 받았다. 자녀와 처·숙질은 노비가 되었다. 이로 인해 김하재의 아버지 김양택도 관작이 삭탈되었으나, 고종 1년(1864)에 이르러서야 관작이 회복되었다.

『정조실록』에 김양택의 졸기가 전해진다. "김양택은 광성부원군 김만기의 손자다. 평소에 명성과 인망이 없었는데, 선대의 음덕을 힘입어 두루 화려한 요직을 맡았다가 어느덧 숭현崇顯한 자리에 오르므로, 세상 사람들이 '

글을 못하면서 문병을 잡게 되기는 김양택부터 시작되었다'라고 했다. 정승의 직에 있을 때에도 건명建明[정사(政事)를 밝게 일으켜 돌봄]하는 일이 하나도 없었다. 뒤에 그의 아들 김하재가 복주伏誅(형벌을 순순히 받아 죽음)하게 되고, 관작을 추탈하게 하였다."

저서로는 『건암집』이 있다.

5 장

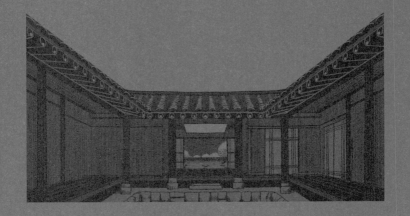

전주 이씨 가문,
이경여

학문에 치우침 없이 다양한 인재를 쏟아내다

조선왕조 네 번째 최고의 명문가 곧 삼한갑족은 전주
이씨 집안이었다. 최고의 전주 이씨 집안이 발돋음하여
비로소 세종의 아들인 밀성군密城君의 6대손인 백강 이
경여(1585~1657)에 이르러 조선왕조 '5대 명문가' 중의 하
나로 떨쳐 일어났다. 그로부터 시작하여 정승 6명, 판서 9
명이 나왔다. 무엇보다 한 집안에서 대가 끊기지 않으며
3대가 대제학에 올랐다.

하지만 이경여의 집안은 애써 학문에만 경도되지 않았
다. 문학과 정치는 물론 수학, 음악, 과학 등 다양한 분야
에서 빼어난 인재들을 배출했다. 조선왕조 후기를 수놓
은 과학자 이민철, 수학자 이이명, 천문학자 이기지, 문인

화가 이인상, 음악가 이영유 등이 이경여의 후손이다. 실사구시의 가풍이 뚜렷한 이경여 집안의 사상은 훗날 정약용, 박지원, 김정호, 홍대용 등 실학자들에게 영향을 끼친다.

이경여는 이미 열일곱 살 때 생원과 진사를 뽑는 사마시에 급제했고, 24세에 대과에 급제하여 출사했다. 홍문관·사간원·사헌부의 삼사를 거쳐 육조의 정랑(정5품)과 의정부 사인(정4품)을 역임했다. 특히 젊은 시절에 인물이 준수하고 성품이 너그러우며 학식이 높고 문장이 빼어나 조정에서 주목받았다.

한데 종고모부 되는 조정의 원로대신 이이첨이 자기 아들을 옥당(홍문관)에 넣고자 하는 것을 이경여가 반대하자 이이첨이 격노했다. 집안에서 절연당한 데 이어 파직당했다.

이경여의 아버지 이수록은 과거에 급제하여 목사(정3품)를 지냈다. 하지만 광해군의 실정이 심해지자 홀연히 벼슬을 버리고 낙향했다. 세상 걱정을 하던 이수록은 마음의 병을 이기지 못해 숨을 거두면서 아들 이경여에게 유언을 남긴다.

　나는 세상을 깨끗하게 살았다. 그래서 편안히 떠날 수가 있구나. 너도 세상에 빌붙어 백성의 고혈을 짜는 관원이 되어선 아니 된다. 효와 충을 진정으로 실천하는 학자가 되어야 한다.

　이경여는 아버지의 뜻을 한시도 잊지 않았다. 과거에 급제하여 출사한 이래 올곧은 선비정신을 보였다. 불의에 조금도 굽히지 않았다.

　그 뒤 한참 있다 복직되었으나 품계도 한참 낮은 이천 현감(종6품)에 이어 청주 목사, 원주 현감으로 외직을 떠돌았다. 그럼에도 정인홍, 이이첨 등의 북인北人 세력이 권병權柄을 남용하여 정치가 개선될 기미가 보이지 않자 벼슬을 버리고 낙향하는 것으로 저항했다. 이때 이이첨이 이경여의 학문과 문장을 높이 사 자신의 휘하에 두고자 여러 차례 사람을 보냈으나 응하지 않았다.

　인조반정(1623) 이후 홍문관 부수찬(종6품)으로 조정에 돌아왔다. 곧이어 홍문관 부교리(종5품)에 전임되고,

승차해서 전라도 관찰사(종2품)에 제수되었다. 그가 전라도 관찰사로서 지방을 순시할 때 화순의 적벽 앞을 지나면서 남긴 시 한 수가 전해진다.

> 깎아지른 듯 벽이 강에 맞닿았고
> 강은 누각을 이었으니
> 사철 아름다운 경개는 다함이 없는데
> 어찌 홀로 파옹坡翁의 칠월 가을뿐이리오

인조 14년(1636) 병자호란이 일어나자 임금을 호종하여 남한산성으로 들어갔다. 임금이 중신들을 불러놓고 대책을 논의하였을 땐 이경여는 청나라와 화친하자는 제의를 뿌리치고 척화파가 되었다.

이듬해 경상도 관찰사(종2품)에 이어, 이조참판으로 성균관 대사성을 겸임하면서 나라의 근간인 선비 양성의 비책을 상소했다. 이어 형조판서(정2품)로 승차했다.

인조 20년(1642) 선천 부사(종3품) 이계가 최명길·이경여·이한명 등 배청친명계의 척화파를 밀고하여 청나라에 잡혀가 억류당하는 고초를 겪었다. 이듬해 은銀 1,000냥을 바치고 소현세자와 함께 청나라에서 풀려나 우의정(정1품)에 올랐다.

인조 22년(1644) 사은사로 다시금 청나라에 갔다. 한데 이경여를 배청파라고 트집 잡았다. 청나라 황제가 "이경여가 전에 죄가 있는 것을 사면하여 돌려보내기는 하였으나, 벼슬을 높여 정승을 삼는 것은 옳지 않다"라며 구금시켰다가 이듬해에야 풀어줘 돌아왔다.

인조 24년(1646) 청나라 북벌을 꿈꾸던 소현세자가 돌연 죽자, 모두가 봉림대군을 왕세자로 책봉하고자 나섰다. 하지만 종법의 질서가 맞지 않다며 이경여가 불가하다고 가로막았다. 봉림대군이 아닌 소현세자의 아들인 왕세손을 후사로 세우는 것이 마땅하다고 주장한 데 이어, 세자빈 강씨를 역적으로 몰아 사사하는 것을 반대하고 나섰다.

임금은 높은 지위에 있고, 무엇이든 마음대로 할 수 있는 위치에 있으니 오로지 두려워할 것은 하늘뿐입니다. 하늘은 이치이니, 하나의 생각이 싹틀 때 이치에 합하지 않으면 이는 곧 하늘을 어기는 것이고, 하나의 일을 행할 때 이치를 따르지 않으면 이는 곧 하늘을 소홀히 대하는 것입니다. 그런 까닭에 정성으로 하늘을 섬기면 천명天命이 계속 아름답게 내려지지만, 하늘을 어기고 이치를 거스른다면 그 천명은 영원히 끝날 것입니다. 한데도 하늘의 마음은 인자해서 갑작스레 끊어버리지 못하니 반드시 먼저 견책하고, 그래도 깨닫지 못하여 끝내 고치지 않은 다음에야 크게 벌을 내리는 것입니다. 하늘이 멸망시키거나 사랑하여 돕는 것은 공경과 불경, 정성과 불성에 달려 있을 따름입니다. 천명은 일정함이 없으니, 어찌 두려워하지 않을 수가 있겠습니까?

이 시기에 그가 올린 반대 상소문의 일부다. 인조는 격노했다. 결국 이경여는 전라도 진도로 유배되었다. 전라도 진도에서 함경도 삼수로 이배되어 3년이나 고초를 치러야 했다.

학문에는 천 가지 길과 만 가지 수레바퀴가 있다

이경여의 유배는 효종이 즉위(1650)하면서 비로소 해배解配(귀양을 풀어 줌)되었다. 같은 척화파였던 김상헌을 비롯한 중신들이 나서 이경여가 아무런 죄 없이 적소에 있을 수는 없다고 상소하였는데 그 결과 그는 방면될 수 있었다.

유배지에서 돌아온 이경여는 영중추부사(정1품)에 이어 영의정에 올랐다. 부왕(인조)이 삼전도에서 당한 치욕을 설욕하고자 하는 뜻을 받들어 영상의 자리에서 효종의 북벌 계획을 도왔다.

하지만 청나라에서 배청파로 낙인찍어 사사건건 트집

을 잡았다. 그러자 효종의 만류에도 불구하고 영상의 자리에서 물러나 다시금 영중추부사를 맡았다.

영중추부사로 있으면서 인재 등용, 치국안민, 양병보국, 경제부국, 북벌 계획 등에 대한 장문의 상소를 올렸다. 효종도 곧바로 비답을 내렸다. 원로대신의 우국충정을 명심하겠다는 다짐에 이어 이례적으로 '지통재심至痛在心 일모도원日暮途遠'이란 여덟 글자를 어필로 써서 내렸다. 지통재심은 곧 병자호란 때 치욕적인 강화를 했다는 아픈 심정을, 일모도원은 계획하였던 북벌을 한시도 잊지 않고 있다는 심정을 각각 밝힌 것이다.

비답을 받은 이경여는 "크도다, 왕은이여"라고 하며 한없이 오열했다. 충성된 신하와 어진 임금이 주고받은 이심전심의 속내였다.

인조에 이어 효종이 왕위에 오르자 조정의 분위기가 일신되었다. 조정의 정치를 혁신하고, 인재를 고루 등용시켜, 어떤 어려움이 따르더라도 기어이 북방 오랑캐를 쳐부수어 병자호란의 치욕을 씻고야 말겠다는, 뜻있는 신하들이 목소리를 높였다. 효종에게는 무엇보다 흉금을 터

놓고 북벌을 논의할 수 있는 인물들이 필요했다. 그렇게 선발된 이들이 영의정 이경여, 우의정 이후원, 이조판서 송시열, 병조판서 송준길, 훈련대장 이완 등이었다. 그들이 추진한 것은 '10년 동안의 준비, 10만 명의 북벌군 양성'이었다.

그러나 이경여가 세상을 뜬 데 이어 친청파 김자점이 이들의 북벌 계획을 청나라에 밀고하여 북벌론이 흔들리기 시작하더니 효종마저 갑작스러운 의료 사고로 39세의 나이로 훙서하고 말자, 청나라 북벌은 일장춘몽에 그치고 말았다.

이경여는 젊은 날 송죽松竹에서 변함없는 절개를 보았다. 백로에서 티 없는 순결을 읽었으며, 사자에게서 용맹한 기상을 알았고, 느린 황소걸음일지라도 끊임없이 노력하는 학문의 길을 선택했다. 오직 학문 속에 천 가지 길과 만 가지 수레바퀴가 있음을 깨달았다.

학문은 많이 듣고 널리 물어 의아한 것을 아는 데 귀함이 잇

는 것이니

그 배움이 높고 멀리 이르고자 하면 먼저 기약함이 있어야
한다

학문은 무릇 천 가지 길과 만 가지 수레바퀴가 있으니…

그는 숨을 거두기 전 후손들에게 마지막 당부를 남겼
다.

시간은 빨리 가고 젊음은 다시 오지 않는다. 지금 힘써 공부
하지 않으면 훗날 후회한들 소용이 없다. 아, 슬프구나. 나는
오십 평생을 그저 헛되이 보내고 빈곤한 생활을 한탄한들 무슨
소용이겠느냐. 오직 너희에게 늙은 아비가 경계하는 것이다….

그러면서 대화는 그저 말뿐이 아닌 온몸과 마음을 다
해 하는 것임을 일렀다. 몸과 마음가짐 전체를 바르게 할
것을 강조했다. 전주 이씨 가문의 가훈으로 남긴 '구용구
사九容九思'가 바로 그것이다.

먼저 구용은 마음가짐의 방법이다.

다리의 자세는 늘 무겁고 진중한다.

손의 움직임은 늘 공손하게 한다.

눈을 늘 단정한 시선을 갖는다.

입은 늘 다물고 있어야 한다.

목소리는 늘 조용하게 시작한다.

머리의 자세는 늘 곧게 한다.

몸 전체의 모습은 늘 엄숙하게 해야 한다.

서 있는 모습은 덕이 있어 보이도록 반듯이 한다.

얼굴빛은 늘 활기차 있어야 한다.

반면에 구사는 생각·다짐의 방법이다.

눈으로 볼 때는 밝게, 바르고 옳게 보아야 한다는 마음을 갖는다.

상대의 말을 들을 땐 편견 없이 바르게 듣는다.

얼굴 표정은 늘 온화하게 한다.

몸가짐이나 옷차림은 항상 단정히 한다.

말을 할 때는 항상 믿음이 있는 말을 하며, 자신의 말에 책임을 질 수 있어야 한다.

나이 든 이를 섬김에 있어선 공경하는 마음으로 다한다.

의심나는 내용이 있거든 반드시 물어서 깨달아야 한다.

억울하고 화나는 일이 있더라도 참고 삭여 나타내지 않아야 한다.

재물이나 이득을 얻게 될 땐 이익과 의리를 구분하여 취사를 가려야 한다.

또한 구두로 남긴 '구용구사'보다 더 중요하기 때문일까? 맏아들 이민장에겐 글로 남겨주어 가슴에 새기길 바랐다.

사람은 군자의 행동을 본받은 뒤에야 비로소 사람이라고 할 수 있다. 아들도 자식의 도리를 다해야 비로소 아들이라고 할 수 있다. 네 나이 어느덧 열다섯이 지나갔음에도 아직 학문이 이루어지지 않았다. 이는 아비의 가르침이 부족한 탓이지만, 너 역시 후회하고 부끄러워해야 한다. 물론 지나간 일은 다시 또 언급할 필요는 없다. 앞으로도 학문을 따라잡을 수 있으니 지금부터라도 마음가짐을 새롭게 하거라. 아침에 일찍 일어나고, 저녁에 늦게 자거라. 의복을 반드시 정제하고, 걸음걸이는 꼭 천천히 하거라. 행동은 반드시 바르게 하고, 손은 반드시 단정히하며, 머리는 반드시 곱게 정리하거라. 앉을 때는 반드시 꿇어앉고, 서 있을 때는 허리를 반드시 반듯이 세우고, 예의는 공손하게 차리거라. 어버이와 어른을 섬길 때는 반드시 공경을 다하거라. 아내에게는 반드시 예의로 대하고, 실없는 행동을 보이지 마라. 아우를 우애로써 돌보고 다투어선 안 된다. 일가 간에는 돈독하고, 내외를 엄격히 하거라. 재물을 가벼이 여기고 의리를 지키며, 남의 굶주림을 헤아릴 줄 알아야 한다. 글을 읽으면 그 뜻을 반드시 궁구하고, 글자마다 강구해서 공부를 게을리하지 마라. 부지런하고 꾸준히 해나가야 하며, 이 가르침을 힘써 실천하면 비록 옛 군자만은 아니더라도 혹여 어긋난 일은 하지 않을 것이다. 너는 죽을 힘을 다하여 노력해야 한다. 선한 생각을 하다가도 의지가 굳지 못하면 마침내 이루지 못하게 되니 정신을 바짝 차리고 뜻을 강하게 해 이 가르침을 저버리지 마라. 이는 아버지의 지극한 정성이니라. 그럼에도 실천의 유무는 너에게 있는 것이지, 어찌 타인에게 있겠느냐. 너는 마음을 단단히 먹고 기운을 내 일어나서 우뚝 서고, 깊이 반성하고 용감하게 나아가, 예전의 옳지 못한 습관을 일신하게 버리되, 부디 용렬한 사람이 되어서는 아니 된다….

　병자년 이후부턴 벼슬을 탐탁지 않게 생각했는데도, 인조가 그를 소중하게 여기고 신임한 까닭에 발탁해 우의정에 제수했다. 한데 이경여가 명나라에 뜻을 두고 있어 청나라의 연호를 쓰지 않는다고 이계가 청나라에 밀고하여, 두 차례나 청나라 심양에 잡혀갔었으나 몸과 마음가짐이 한결같았다. 을유년에 봉림대군을 왕세자로 책봉할 때 자신의 소견을 끝까지 굽히지 않았는데, 이 때문에 남북(진도에서 삼수까지)으로 귀양살이를 했다. 효종은 즉위한 후 그를 방면하고 영의정에 제수했다. 이때 조정의 논의가 매우 격렬했음에도, 이경여가 화평한 논의를 견지하면서 그들을 조화시키는 데 온 힘을 기울였다. 혹자는 이를 두고 그의 우유부단함을 단점으로 꼽기도 했다.
　　그러나 영상의 자리에 오른 지 얼마 되지 않아 청나라

171

에서 이경여가 영상이 되었다는 소식을 전해 듣고 책임을 따지자, 이때부터 영상의 자리에서 홀연히 물러나 묻혀 살았다. 하지만 나라에 일이 있을 때마다 상소를 올려 바로잡기를 멈추지 않았다. 이때에 이르러 숨을 거두었는데 향년 73세였다.

저서로는 시문집인 『백강집』 15권 7책이 있다.

3대 대제학, 이민서-이관명-이휘지

이민서의 친아버지는 영의정을 지낸 이경여인데, 어린 시절 선천 부사(종3품)를 지낸 당숙인 이후여에게 입양되었다. 효종 3년(1652) 과거에 급제하여 예문관 검열(정9품)로 출사했다. 이듬해 사친 문제로 승정원에서 임금이 불러 패초牌招(임금이 승지를 시켜 신하를 부르던 일)하길 청했는데, 임금의 부름에 미처 응하지 못해 파직되었다.

이후 예문관 검열에 다시 복직된 뒤 승차를 계속해서 사간원 정언(정6품)·사헌부 지평(정5품)을 거쳤다.

현종 1년(1660) 홍문관 수찬(정6품)·승문원 교리(종5품)를 맡았다. 이듬해 남한산성과 강화도의 곡식을 대여

하여 기민을 구제하도록 청해서 윤허를 받아냈다. 다음 해에도 영남에 파견되어 유행병으로 죽은 원혼들을 위로 하는 제사를 지내고 돌아와 홍문관 수찬으로 승문원 교리 오시수와 함께 형옥 刑獄(형벌과 감옥)의 문란, 양역良役 (백성에게 부과하던 공역)의 고달픔, 공사 간의 이익 독 점, 기강의 해이에 대해 짤막한 상소문을 올렸다. 이후 사 헌부 지평· 홍문관 수찬·이조좌랑(정6품)·사간원 헌납(정 5품)을 거쳤다.

현종 6년(1665) 청풍부원군 김우명의 종사관으로 빈청 에서 숙직하며 궁궐 안을 지켰다. 이조정랑(정5품)에 이 어 승차해서 홍문관 응교(정4품)에 제수되었으나, 노모 를 봉양하기 위해 지방의 외관으로 나가기를 청하여 개 성부 경력(종4품)으로 나갈 수 있었다. 이듬해 홍문관 응 교·의정부 사인(정4품)에서 승차하여 나주 목사(정3품)를 지냈다.

현종 10년(1669) 홍문관 부교리(종5품)로 있을 때 임금 이 시간으로 불러 패초하길 청하였는데, 임금의 부름에 미처 응하지 못해 다시금 파직되었다. 의정부 사인으로 복귀한 뒤 부묘도감 도청을 맡았다.

홍문관 부응교(종4품)로 있을 때 숙직을 하다가 칼을 빼어들어 자신의 목을 찔렀으나 동료의 구원으로 목숨을 구했다. 이후 질병으로 체직되었다가 현종 14년(1673)에 성균관 대사성(정3품)에 제수되면서 당상관으로 승차했다. 같은 품의 이조참의·호조참의를 거쳤다.

숙종 3년(1677) 광주 목사로 있으면서 임진왜란 때의 의병장 박광옥의 사우祠宇(조상의 신주를 모셔놓은 집)를 중수하고, 역시 의병장 김덕령을 제향했다. 하지만 이 듬해 미친 증세가 또다시 나타나 스스로 칼로 배를 찔러 파직되었다.

3년여가 지나 승지(정3품)로 제수되어 조정으로 돌아왔다. 사간원 대사간· 함경도 관찰사(종2품)·사간원 대사간으로 조정으로 복귀하여 예문관 제학(종2품)을 겸하다가, 마침내 대제학에 올랐다.

그 뒤 이조참판·사간원 대사간을 거쳤고 대제학으로서 숙종의 계비인 인현왕후의 대혼례 교서를 지었으며,『현종개수실록』의 당상관에 제수되었다. 이조참판으로 있을 때 정종의 옥책문을 지었다.

숙종 8년(1682) 사헌부 대사헌·이조참판에 이어 이조판서(정2품)로 승차했다. 대신을 경멸했다는 이유로 탄핵을 받아 면직되었다가 의정부 우참찬(정2품)으로 복귀했다. 다시 대제학에서 면직되고 난박難駁(비난하고 반박)을 당한 뒤 외직을 청하여 함경도 관찰사로 나갔다.

이듬해 강화도 유수(종2품)로 백마, 문수, 진강 세 곳에 성을 쌓고 장진, 주문 두 섬에도 진을 두는 것을 청하여 윤허받았다. 석 달여 뒤 대제학으로 복귀하면서 사헌부 대사헌·한성부 판윤·예조판서·형판·이판·호판과 예문관 제학을 겸했다. 지돈녕부사에 제수되었으나 이듬해 세상을 떴다. 향년 55세였다.

『숙종실록』에 이민서의 졸기가 전해진다. "이민서는 고古상신 이경여의 아들이다. 성품이 강명剛明(성질이 곧고 두뇌가 명석함)·방정方正하고 자세가 신중·정직하였으며, 30년 동안 조정에 있으면서 여러 차례 사변을 겪었으나 지조가 한결같았다. 직위가 총재에 이르렀으나 가정 형편은 쓸쓸하기가 한사와 같았으며, 한결같이 청백한 절개는 처음에서 끝까지 변함이 없었다. 문장 또한 고상하고 건아하여 온 세상의 추앙을 받는 바가 되어, 국가의 전책[과거의 최종 단계인 전시(殿試)에서 시험보는 대책(對策)]도 대부분 그의 손에서 나왔다. 매번 정승이 될 인물을 점칠 때마다 당시에 의논하는 사람들이 모두 말하기를, '아무개를 두고 또 누가 되랴?'라고 하였다. 임금이 그의 강직하고 방정한 것을 꺼려하여 그다지 우악하게 총애하지 않았기 때문에 들어와 정승이 미처 되지는 못하였다. 이에 이르러 시대의 일에 근심이 많은 것을 눈으로 직접 보고는 근심과 번민이 병이 되어 그만 졸하였다. 조양에서 슬퍼하고 애석해하지 않은 이가 없었으며, 비록 평일에 서로 좋아하지 않았던 자라도 정직한 사람이 죽었다고 말하였다."

저서로는 『서하집』17권이 있고, 편서로 『고시선古詩選』과 『김장군전』이 있다.

이관명은 이경여의 손자이자 이민서의 아들이다. 숙종 13년 진사시에 급제한 이듬해 왕세자 익위사세마(정9품)

에 제수되었다. 이어 공조정랑(정5품)·함열 현감(종6품)을 거친 뒤, 숙종 24년(1698) 대과에 급제했다.

사헌부 지평(정5품)·홍문관 부수찬(종6품)·홍문관 수찬(정6품)·부교리(종5품)에 이어 승차하여 홍문관 교리(정5품)로 있을 때 사대부의 풍속, 군포의 폐단, 무역 등의 개선에 대해 상소했다. 또 사육신 성삼문의 사당에 토지와 노비를 하사하길 청한 데 이어, 최석정을 용서하라는 상소를 올렸다.

이후 이조좌랑(정6품)에 이어 홍문관 교리로 있을 때 임금이 대신을 대우하는 일 등에 대해 상소했다. 이조 좌랑으로 왕세자 시강원의 문학(정5품)을 겸했다. 사간원 헌납에 이어 홍문관 교리로 있을 때 지나친 공역과 당의 등을 근신하기를 청하는 짤막한 상소문을 올렸다.

홍문관 부교리로 왕세자 시강원의 필선(정4품)을 겸했다. 홍문관 부응교(종4품)에 이어 승차하여 사헌부 집의(종3품)를 거쳤다. 오위五衛의 부사과(종6품)로 있을 때 찬집청의 낭청이 되어 『단종실록』의 부록을 찬진撰進(글을 지어 임금에게 올림)했다.

그 뒤 홍문관 교리로 왕세자 시강원의 보덕(종3품)을 겸하다가, 영유 현령(종6품)으로 좌천되었다. 하지만 사간원 대사간(정3품) 조태동을 내쳐서 보임하는 것이 부당하다고 상소하고, 사헌부 지평 이명준을 외직에 보임시키는 명을 거두어줄 것을 청했다. 영의정 최석정이 외직으로 나가 있는 이관명을 불러들이라는 청이 받아들여져, 홍문관 응교(정4품)로 조정으로 복귀했다. 사간원 사간(종3품)으로 필선을 겸하다가, 의정부 사인(정4품)에 이어 승차해서 당상관인 동부승지(정3품)에 제수되었다.

동부승지로 있을 때 자신이 사간원 사간으로 계문한 상소를 임금께 올려 계달啓達(신하가 글로 임금에게 아뢰던 일)했다. 이 상소로 인해 여러 논란이 일다가 사헌부 장령(정4품) 윤회가 이관명의 관직을 삭탈하도록 논계論啓(신하가 임금의 잘못을 따져 아룀)했다.

숙종 39년(1713) 사간원 대사간·이조참의·홍문관 부제학에 이어 승차해서 한성부 우윤(종2품)에 제수되었다. 이후 이조참판에 이어 승정원 도승지(정3품)·사간원 대사간·사헌부 대사헌(종2품)·승정원 도승지에 제수되었다. 승정원 도승지로 있을 때 우승지 이덕영, 좌부승지 이기익과 함께 왕세자에게 정청하라는 상소를 올려 실현되었다. 성균관 대사성(정3품)·병조참판(종2품)에 제수된 데 이어 사은정사 박필성의 부사로 청나라 심양에 다녀왔다. 사헌부 대사헌·홍문관 부제학·이조참판 겸 홍문관 제학(종2품)에 제수되었다.

숙종 44년(1718) 형조판서(정2품)로 육조의 수장이 되었다. 이듬해 원접사, 예조판서를 거쳐 마침내 홍문관과 예문관의 대제학에 올랐다. 아버지 이민서에 이어 2대째 문형의 자리에 오르는 명예를 얻었다.

이후 이조판서에 제수되었으나 동생 이건명이 재상의 지위에 있다는 것을 이유로 강력히 요청하여 이조판서에서 면직되었다가 예조판서로 전임되었다. 이때 숙종이 승하하자 빈전도감 제조가 되고, 대제학으로 숙종의 시책문을 지었다.

경종 즉위년(1720)에 대제학으로 경종의 즉위 반포교서를 짓고, 한성부 판윤(정2품)에 제수되었다. 이후 형조판서·공조판서를 맡았다. 이때 영의정 김창집과 좌의정

이건명이 판중추부사 조태채, 호조판서 민진원, 한성부 판윤 이홍술, 공조판서 이관명, 병조판서 이만성, 우찬성 임방, 형조판서 이의현, 사헌부 대사헌 홍계적, 사간원 대사간 홍석보, 좌부승지 조영복, 홍문관 부교리 신방 등과 함께 연잉군(훗날 영조)을 세제로 삼았다. 사흘 뒤 좌부빈객에 제수된 데 이어 대제학으로서 왕세제 책봉을 경하하는 교서를 지었다.

경종 2년(1722) 연잉군의 대리청정 문제로 인해 경종을 지지하는 소론과 연잉군을 지지하는 노론과의 정파 분쟁에서 경종이 칼을 든 신임사화가 발생하자, 사헌부와 사간원의 합계로 관직에서 삭탈되고 덕천으로 유배되었다. 이때 동생 이건명을 비롯하여 김창집, 조태채, 이이명 등 노론의 4대신이 극형을 받았다.

영조 즉위년(1724)에 덕천 유배지에서 풀려난 데 이어 이듬해 서용하라는 명에 따라 장원서 제조(정2품)에 제수된다. 이후 지돈녕부사(종2품)·공조판서에서 우의정(정1품)으로 승차했다.

이후 추국하는 자리에 참석하지 않은 일로 파직되었다

가 곧바로 우의정에 복직하여 실록청 총재관을 겸했다. 소론인 유봉휘, 이광좌, 조태억 등의 관작을 삭탈할 것을 주청하여 실현하였다. 판중추부사(종1품)에 제수되었으나 정미환국(1727)으로 소론이 재집권하면서 판중추부사에서 물러나 낙향했다.

이듬해 이인좌의 난이 일어나자 영중추부사(정1품)로 조정으로 돌아왔다. 도성 안의 한산무사들을 군대로 편성하여 궁성을 호위하자고 제안했다.

영조 5년(1729) 영조의 탕평책에 반대하여 영중추부사에서 파직되었으나 곧이어 영중추부사로 복귀했다. 이듬해 파직된 뒤 3년이 지나 판중추부사에 제수되었지만 오래지 않아 세상을 떴다. 향년 72세였다.

『영조실록』에 이관명의 졸기가 전해진다. "이관명은 성품이 염정廉正(마음이 청렴하고 바름)하고 청간하였으며, 젊어서는 경직鯁直하다(권세를 두려워하지 않고 굳세고 바르다.)는 이름이 있었다. 신축년과 임인년에 화를 겪고 나서는 세상사에 대한 생각이 도무지 없었는데, 을 사년 개기改紀 때에는 가장 먼저 등용되자 분의分義를 끌어대어 힘써 사양하였다. 강교江郊로 물러나 마침내 구용鉤用(채택하여 씀)되지 못하였는데, 간혹 식량이 자주 떨어지는 형편에 이르렀으나 그런 기미를 얼굴에 드러내는 법이 거의 없었다. 문형을 맡았고, 기사耆社(조선시대에 70세가 넘는 정2품 이상의 문관들을 예우하기 위하여 설치한 기구)에 들었으며, 한가롭게 살다가 생을 마쳤다."

저서로는 『병산집』 15권 89책이 있다. 그밖에도 「응제문」, 「반교문」, 「시책문」을 다수 남겼다.

이휘지는 이민서의 손자이자, 이관명의 아들이다. 영조 17년(1741) 생원시와 진사시에 급제한 뒤 음직陰職(과거를 거치지 아니하고 조상의 공덕으로 벼슬에 나아감)으로 목사(정3품)까지 승차하였다가, 영조 42년(1766) 51세라는 나이에 대과에 급제했다.

이후 정3품의 동부승지·사간원 대사간·이조참의·성균관 대사성·승문원 부제조를 거쳤다. 다시 이조참의를 거쳐 사헌부 대사헌(종2품)에 이어 성균관 대사성·이조참의를 맡았다.

영조 46년(1770) 사간원 대사간에 다시 제수되었으나 탄핵을 받은 일로 상소하여 사직을 윤허받았다. 하지만 석 달여 뒤 다시금 사간원 대사간에 제수된 데 이어 예조참판(종2품)·도승지(정3품)·예조참판·이조참판에 제수되었으나, 왕명을 받고 전주에 가야 했기 때문에 체차遞差(임기가 차거나 적당하지 않을 때 다름 사람으로 관직을 바꾸는 일)를 승낙받았다. 전주로 내려간 이휘지는 경기전에서 왕실의 제사인 조경모의 삭제朔祭와 망제望祭를 거행하고 돌아왔다. 이후 홍문관 제학(종2품)에 이어 강화 유수가 되었다.

영조 51년(1775) 마침내 대제학에 올랐다. 할아버지 이민서, 아버지 이관명에 이어 자신까지 3대가 대제학에 오르면서 가문을 조선왕조에서 네 번째로 명문가의 반열에 올리는 영광을 누렸다.

교서관 제조로『팔순곤유록』을 지어 올린 공으로 병조판서(정2품)에 제수되었다. 이어 아버지 이관명이 지어 올린『보략』을 수정한 뒤 병조판서로 전임했다.

정조 즉위년(1776)『영조실록』을 찬집할 때 찬집청 당상이었고, 국장도감의 제조를 맡았다. 이조판서였을 때 참판 권도와 함께 잠시 체직되었다가 의정부 좌참찬(정2품)에 제수되었다. 대제학으로서 과거인 시책문의 제술관을 맡았다.

그 뒤 예조판서를 맡았다. 고유대제의 의절을 잘못한 일로 잠시 파직되었으나, 형조판서·이조판서를 연임했다. 한성부 판윤·병조판서·예문관 제학·이조판서·공조판서·병조판서에 이어 부묘도감·존숭도감·책례도감·지호도감의 제조를 맡았다.

정조 3년(1779) 판의금부사(종1품)·형조판서·이조판서·평안도 관찰사(종2품)·규장각 제학에 이어 우의정(정1품)으로 승차했다. 이후 실록청 총재관으로『영조실록』의 편찬을 주도했다. 우의정·판중추부사에 제수되었으나 사직을 청하고 향리로 낙향했다.

2년여 뒤 진하사은 겸 동지정사로 청나라에 다녀왔다. 하지만 이듬해 70세의 나이로 타계했다.

『정조실록』에 이휘지의 졸기는 이렇다. "이휘지는 좌의정 이관명의 아들이다. 처음에 음사로 보직되어 목사에 이르렀고, 영조 연간의 병술년에 문과에 올랐다. 나이 60에 가까웠는데 갑자기 전조銓曹(이조와 병조)의 판서를 역임하였고, 그 후 대제학을 거쳐 우의정에 이르렀다. 인품은 용렬하여 일컬을 만한 것이 없다. 사장詞章(시가와 문장을 아울러 이르는 말)도 다른 이보다 나은 것이 없었다. 다만 가문이 대대로 충후[충직(忠直)하고 淳厚(순후)함]한 탓으로 지위가 이에 이르렀는데, 이때 졸하였으니 3년을 한정하여 녹봉을 계속 지급하라고 명하였다."

저서로는 『팔순곤유록』이 있다. 『보략』을 수정했으며, 『영조실록』의 편찬을 주도했다.

6장

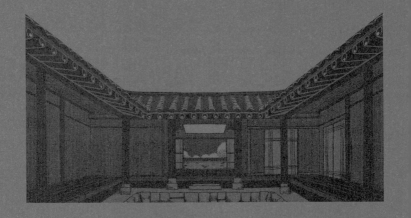

두 살 때 아버지를 잃고 외톨이로 자라다

　　마지막으로 조선왕조의 다섯 번째 최고의 명문가 곧 삼한갑족은 대구 서씨 집안이었다. 대구 서씨 집안이 발돋움하여 비로소 조선왕조 '5대 명문가'로 떨쳐 일어난 건 약봉藥峯 서성徐渻에 이르면서부터였다. 서성은 『경국대전』, 『삼국사절요』, 『동국여지승람』 등 법전·역사·지리·문학 분야에서 빼어난 업적을 남긴, 15세기 조선을 대표하는 문장가이자 문신이었던 서거정徐居正의 현손(손자의 손자)이다.

　　서성의 아버지 서해徐嶰는 22세 때 안동 지방 향교의 전교(학교장)였다. 그의 가르침을 받고자 제자들이 구름같이 모여들었다. 서성은 그가 남긴 유일한 혈육이었다.

서성이 태어난 명종 13년(1558)의 이듬해에 아버지 서해는 23세의 아까운 나이로 세상을 떴다.

서성의 어머니 이씨는 청풍 군수(종5품)를 지낸 이고의 외동딸이었다. 한데 이고에게는 불행하게도 대를 이를 아들이 없었다. 그래서 일찍이 부모를 잃은 아버지 서해는 줄곧 한성에서 살아오다 처가가 있는 안동으로 내려와 거주하게 되었다. 그런 연유로 서성은 외가에서 태어났다.

서성은 이처럼 매우 귀한 혈통을 이어받아 태어났지만, 지극히 외로운 환경 속에서 자랐다. 태어난 지 일 년 반이 채 안 되던 명종 14년(1559)에 아버지 서해가 23세의 젊은 나이로 별세하면서, 집안의 어른으로 당년 25세의 어머니 이씨 말고는 멀리 한성에 사는 둘째 숙부 내외가 있을 뿐이었다.

결국 어머니는 서성이 세 살 되던 해 외롭고 고단함을 염려하여 성취를 바라기가 어렵다고 여기고서, 마침내 안동의 친정에서 한성으로 이주하게 되었다. 과거에 급제하여 벼슬살이를 하던 서성의 숙부에게 의탁하여 한성에서 살아가기로 한 것이다.

서성의 백부는 아버지 서해보다 일찍 돌아가셔서 자식이 없었다. 숙부 또한 후손이 없었다. 집안의 대는 오직 서성 한 몸에 있었다. 집안의 복이 쇠박하여 외로운 신세를 면키 어려웠다.

이때부터 서성은 숙부의 기대를 한 몸에 받으며 자랐다. 숙부마저 비교적 젊은 나이에 세상을 뜰 때까지 10여 년 동안, 지극한 보살핌을 받아가며 글을 배웠다. 또한 숙부의 주선으로 장가를 들었다.

서성이 열네 살 어린 나이에 장가를 들었다. 숙부의 처남인 송령의 딸을 아내로 맞이했다. 부인은 그보다 네 살 연상이었다.

서성은 어려서부터 영특했다고 한다. 일곱 살이 될 무렵부턴 혼자서 책 읽기에 열중하며 글을 익히기도 했다.

숙부는 그런 어린 서성을 어루만지며 이렇게 말했다. "이 아이는 기질이 평범하지 않으니 반드시 대성할 것이다. 허나 대개 집안이 흥하여 왕성할 때라도 재능의 명성과 수복壽福은 오히려 겸비하기가 쉽지 않은 일이다. 하물며 우리 집안은 복이 대대로 실처럼 근근이 이어오질 않았더냐. 오직 마땅히 재능을 감추고 쌓아 길러서 훗날이 있기를 바라야 한다. 어찌 감히 분수 밖에서 희망을 가질 수 있겠는가."

선조 3년(1570) 명나라에서 사신이 왔다. 오랜 관례에 따라 조정에선 이름 있는 문장가들을 두루 제술관으로 선정했다. 그들로 하여금 시작詩作을 통한 일종의 접대 친선외교를 벌이게 했다. 이때 어린 서성이 스스로 운韻에 따라 시를 지었다. '남녘 교외에서 술자리를 끝내고南郊罷酌'라는 오언율시五言律詩였다.

너른 들이 천 리나 넓은데
하늘과 땅이 술잔에 들어오고
피리소리 길게 이어져 울려나서
나를 잠시 서성이게 하여라

제술관의 한 사람으로 뽑혀 시작에 골몰하고 있던 숙부는, 어린 서성이 지은 시를 보고 크게 놀랐다. 열세 살 어린아이가 지은 시라고는 차마 믿기 어려울 만큼 비범한 시상과 정신세계를 보여주었기 때문이다.

이 무렵 어머니는 엄청나게 큰 새 집을 지었다. 기둥과 서까래에서부터 지붕의 형체에 이르기까지, 안동의 친정 집을 본따 지었기에 자못 크고 높았다.

이웃 사람들 사이에 이런저런 말들이 오갔다. 식구라곤 어린 아들과 어머니 단 둘뿐인데 새 집을 지나치게 크게 지었다며 이해할 수 없다고 했다. 어머니의 깊은 생각을 미처 다 이해하지 못한 처사였다.

어머니의 뜻은 분명했다. "우리 집안이 지금이야 이렇 게 단출할지 모르나, 훗날 반드시 크게 번창하여 커질 것 이요. 수십 년 뒤가 되면 이 큰 집도 협소하다고 할 날이 틀림없이 올 것입니다"라고 대답했다.

미리 앞날을 내다볼 줄 알았던 어머니의 지혜는 과연 탁월했다. 서성은 29세 때 과거에 급제하여 출사한 이래 서경우, 서경수, 서경빈, 서경주 등 아들 넷을 두었다.

어머니는 이미 과거에 급제한 문신으로 명나라에도 다

녀온 큰손자 서경우에서부터, 선조의 맏딸 정신옹주와 결혼하면서 임금의 맏사위가 된 서경주에 이르기까지, 네 명의 손자와 네 명의 자부, 그리고 그들 네 쌍의 소생인 아홉 명의 증손 등 모두 열아홉 명은 물론, 수많은 하객과 집안 노비들의 축하 속에 환갑 잔치 때 장수를 비는 뜻으로 술잔을 올리는 헌수의 잔을 받았을 것으로 추정된다. 서성이 자랄 때 한미했던 풍경과는 비교조차 하기 어려웠다. 집안의 운조가 어머니의 예언과 같이 그토록 놀랍게 흥왕興旺(번창하고 세력이 매우 왕성함)했던 것이다.

이때 서성의 나이는 어느덧 53세였다. 아직 노년이라고 볼 수 있는 나이는 결코 아니었으나, 그는 그동안의 경력이나 지위로 볼 때 분명 나라의 원로대신이었다. 벌써 경상도·강원도·황해도·평안도·함경도·경기도 등 육도六道의 관찰사(종2품)와 개성 유수(정2품)를 역임하였고, 형조·병조·호조·공조 등 사조四曹의 서(정2품)와 함께 의정부 참찬과 중추부사 겸 도총관지의 금부부사 등의 지위를 누렸다. 더욱이 서성은 이른바 고명칠신顧命七臣의 한 사람으로서, 임금이 임종 때 남기는 유교遺敎를 받을 수 있는 중신 중의 중신이기도 했다.

34세에 네 아들과 네 며느리를 두다

　「약봉연보」에 따르면, 서성은 열일곱살 때 훗날 인조반정(1623)을 이끌면서 서인의 영수가 되는 사계沙溪 김장생과는 율곡 이이와 함께 구봉 송익필의 문하에서 수학한 동문 사이였다. 어느 날 훗날 황해도 관찰사가 되는 강찬과 함께 구봉의 강변 집에 머물고 있는데, 때마침 '천재 시인' 송강 정철이 구봉의 강변 집을 찾아왔다. 송강이 좌석에 앉으며 시의 운韻 자를 띄웠는데, 서성이 즉시 입을 열어 시를 읊었다. 송강은 서성의 시 짓는 재능을 몹시 높게 평가했다. 서성의 스승인 구봉에겐 넌지시 "이제 운장은 마땅히 스승의 자리를 양보해야겠소이다" 하며 소리 내어 웃었다.

특히나 동문인 김장생과는 지극히 돈독했다. '의리출처義理出處(옳고 그름의 근거) 등의 문제에 있어 서로 묻고 따지지' 않을 만큼 가깝게 지냈다. 더 훗날에는 그 같은 관계 이전에 다시금 혼맥으로 얽히기도 하는 사이였다.

먼저 서성이 과거에 급제하여(29세) 출사한 지도 여러 해가 지난 33세 때의 일이다. 벌써 예문관 검열(정8품)과 봉교(정7품)를 거치면서 선조로부터 인품과 학식을 두루 인정받은 터였다.

또 그러한 신임 덕분에 이듬해 앞서 얘기한 자신의 넷째아들 서경주가 열세 살의 나이로 선조의 맏딸인 정신옹주와 결혼하며, 부마(달성위達城尉)가 되었다. 왕실의 인척이 된 것이다.

다시 이듬해 임진왜란이 일어나자, 서성은 종사관으로서 광해군의 이복동생인 순화군을 모시고 함경도에 들어가 있었다. 임금의 맏사위가 된 자신의 넷째아들 달성위 또한 정신옹주와 함께 난을 피해 함경도로 들어와 합류하게 되었다.

그런가 하면 더 훗날 달성위 또한 자신의 맏딸을 연흥

부원군延興府院君 김제남의 아들이자 선조의 처남인 김규에게 출가시킴으로써 왕실과 관계가 더욱 깊어진다. 선조의 계비인 인목대비는 김제남의 딸로, 선조의 유일한 적자인 영창대군의 생모이기도 했다. 선조가 서성을 포함한 일곱 대신에게 자신의 임종 때 남기는 유교遺敎를 내렸던 것도 바로 이 영창대군의 혼맥 때문이었을 것으로 추정된다.

다만 달성위의 부인인 정신옹주는 인목대비가 아닌 영빈 김씨의 소생이었다. 그렇대도 이 같은 혼맥을 통해서 서성과 왕실과의 관계가 더욱더 깊어졌음은 말할 나위가 없었다.

서성은 이렇게 34세에 이미 네 아들과 네 며느리를 두었다. 그의 큰 며느리는 우의정(정1품)을 지낸 성봉조의 7대손으로, 진사進士 성희순의 딸이었다. 둘째 며느리는 좌의정을 지낸 김광국의 6대손이었다. 셋째 며느리는 강원도 관찰사를 지낸 남궁찬의 5대손이었다.

뿐만 아니라 달성위의 큰사위 김규는 연흥부원군 김제남의 아들로 진사였으며, 달성위의 큰아들 서정리는 남원 부사(종3품)를 지냈다. 둘째 사위 이명인은 좌랑(정6품), 셋째 사위 심항은 직장(종7품), 넷째 사위 권우는 참판(종2품), 둘째 아들 서정리는 파주 목사(정3품), 다섯째 사위 이만웅은 관찰사, 셋째 아들 서진리는 직장을 지낸다. 과거 급제라는 한 가지 측면에 국한시켜 본다면, 달성위의 경우 병진년 족보가 간행될 때까지의 100년 남짓한 기간에 무려 80여 명을 배출하게 된다.

서성의 큰아들 서경우는 우의정에까지 오르는데, 병진년 족보가 간행될 무렵까지 그의 후손 가운데 문과 출신자는 26명이었다. 종친부 전적(정4품)에 오른 둘째 아들 서경수는 27명, 셋째 아들인 서경빈은 31명의 과거 급제자를 배출했다.

서성 자신도 29세에 과거에 급제하였으나, 그의 후손 중에선 큰아들 서경우가 가장 먼저 급제하게 된다. 이때부터 갑오개혁(1894)으로 과거제도가 폐지될 때까지 300여 년 동안 서성의 후손 가운데 급제자는 123명이나 된다. 나아가 정승 9명, 판서 30명, 대제학 6명을 비롯하여 3대代 정승과 함께 서유신-서영보-서기순으로 이어지는 3

대 대제학을 배출하면서, 조선왕조에서 '5대 명문가'로 명
성을 떨쳤다. 같은 시기인 명·청 500년 동안의 중국에서조
차 겨우 40명 정도를 배출한 해녕海寧 진씨 가문이 당대
제일의 명문가로 인정받았던 사실로 미뤄본다면 실로 놀
라운 집안이 아닐 수 없다.

유배지에서 노모를 여의다

　왕실과 밀접한 관계를 맺으면서 승승장구하던 서성도 시련을 비켜가진 못했다. 의정부 좌참찬(정2품)이었던 그가 탄핵을 받아 유배 생활을 시작한 것은 서성의 나이 56세 때인 광해군 5년(1613)이었다.

　광해군 5년이면 정권의 실세였던 이이첨 일당이 광해군의 이복동생인 영창대군을 제거할 목적으로 이른바 계축사화를 일으킨 해였다. 이이첨 일당은 영창대군의 외조부이자 인목대비의 친정아버지인 김제남과 그의 아들들을 무참히 죽이는 한편, 영창대군을 강화도에 가두었다. 자신들의 이 같은 처사에 정면으로 반대하거나 협조하지 않는 인사들 또한 옥에 가두거나 유배를 보냈다.

서성 역시 예외일 수 없었다. 선조로부터 영창대군을 지켜달라는 특별한 부탁을 받은 고명칠신顧命七臣의 일원이었음은 물론 김제남과는 사돈 간이었기 때문에 숙청 대상 중의 맨 앞자리에 속했다. 이에 끌려가 심문을 받고 단양 땅으로 쫓겨나게 된 것이다.

　서성은 유배지 단양에서 『주역』 공부에 전념했다. 이듬해 가을 강릉 부사로 부임하기 위해 단양 땅을 지나던 정경세가 그를 찾아와 『주역』을 놓고 토론을 벌이기도 하였는데, 정경세는 서성의 학문에 탄복하여 "오랫동안 경연經筵(임금과 대신들이 함께 공부하는 일)의 자리에 참여한 신료로서 나도 『주역』만은 볼 만큼 보았다고 자부하고 있는데, 오늘 약봉과 토론해 보니 내가 아직은 약봉에 미치지 못함을 알았소이다. 이곳에 더 머물며 서로 토론하고 배울 수 없는 것이 안타까울 노릇이요"라고 말했다.

　서성은 단양의 유배지에서 모친상을 당한다. 하나뿐인 아들에 대한 사련지정思戀之情이 지극했던 노모는 유배지 단양의 벽지에까지 따라와 있다가 74세를 일기로 생을 마친 것이다.

３년 뒤 겨울에는 유배지를 단양에서 더 먼 영해부寧海府로 옮겨가게 된다. 강화도에 가둔 영창대군을 끝내 죽인 이이첨 일당이 결국 인목대비를 축출하기 위함이었다. 다시 영해에서 ４년여 동안 기약 없는 유배 생활을 해야 했다.

그가 오랜 유배 생활을 마감할 수 있었던 건 인조반정(1623) 이후였다. 당시 서성의 나이는 어느덧 66세였다. 그로부터 9년 뒤 세상을 뜰 때까지 조정의 중신으로 다시금 국정의 요직을 두루 맡게 된다.

조정으로 다시 돌아온 서성은 먼저 형조판서에 제수되었다. 그가 당장 해야 할 업무는 지난 10여 년 동안 억울한 죄명으로 목숨을 잃거나, 곤욕을 치렀거나, 재산을 빼앗겼거나 한 사람들이 하루에도 몇백 통씩 제출하는 소송을 공명정대하게 처리하는 일이었다.

4개월여가 지나자 대사헌(종2품)에 제수되었다. 서성은 사직 상소를 올렸다. "…지금은 나이가 노년에 접어들어 정신과 기력이 쇠모하였다"라며, 이제 그만 벼슬에서 물러날 뜻을 밝혔다. 새 임금 인조는 그러한 서성을 대사헌에 이어, 의정부 좌참찬으로 제수하여 원로대신으로 예우했다.

다시 이듬해에는 병조판서에, 다시 2년여 뒤에는 예조판서에 중용되었다. 그가 74세를 일기로 세상을 뜰 때의 관직은 광해군 5년에 탄핵을 받아 유배형에 처하기 이전의 의정부 좌참찬(정2품)이었다.

서성은 자신의 장례를 간소하게 치를 것을 당부했다. "죽은 자의 피부와 뼈를 살아있을 때처럼 하여, 백 년이 지나도 썩지 않게 하는 것은 식자識者가 할 바는 아니다. 하물며 몸과 넋은 조화를 따라 땅으로 돌아가는 것임에야. 모든 초상에 관계되는 일은 반드시 '지극히 간략하고 지극히 검소하게' 하여서, 혹시라도 세속을 따르지 않아야 한다" 하니, 여러 자식이 감히 어기지 못했다.

3대 대제학, 서유신-서영보-서기순

    서유신은 서성의 6대손이다. 서성의 아들 서경주는 선조의 맏딸 정신옹주와 결혼하면서 임금의 사위가 되었다. 여기서 낳은 아들 서정이는 남원 부사를 지냈으며, 서정이의 아들 서문상은 병조참의(정3품)를 지냈다. 그의 아들 서종태는 영의정을 지냈으며, 그의 아들 서명균은 좌의정, 다시 그의 아들 서지수는 영의정에 올랐다. 서유신은 서지수의 아들이다.

    서유신은 영조 48년(1772) 과거에 급제해 출사했다. 3대 정승 집안의 아들이라 하여 특별히 초모(담비 털로 만든 모자)를 하사받았다. 이듬해엔 할아버지 서종태와 관련하여 의금부에서 문초를 당했다.

하지만 그 이듬해부터 검상을 시작으로 의정부 검상(정
5품)을 시작으로 양주 심찰어사·승지(정3품)·충청도 관찰
사에 제수되었으나, 정권의 실세인 홍국영의 중상으로 향
리로 쫓겨났다가 4년여가 지난 뒤에야 석방되었다.

조정으로 돌아온 서유신은 이듬해 우승지를 거쳐 마침
내 홍문관 대제학에 올랐다. 이후 대사간(정3품), 대사헌(
종2품)을 역임한 뒤 원로대신인 봉조하(종2품)가 되었다.
순조 즉위년(1800)에 세상을 떴다.

『조선왕조실록』에 서유신의 줄기가 다음과 같이 남아
있다. "서유신은 정승 서지수의 아들인데, 청렴하고 근신
하여 옛 가문의 품격이 있었다. 정조 연간에 폐지된 가운
데 다시 기용하여 문형으로 삼았는데, 그의 조부와 증조
부가 대대로 이 직책을 맡았기 때문이다. 그러나 문장은
그리 드러나지 못하였다…." 저서로는 『역의의언易義擬
言』이 있다.

서유신의 아들 서영보 또한 대제학에 올랐다. 서영보
는 정조 13년(1789) 과거에 장원 급제했다. 장원으로 급

제한 날 정조는 서영보를 불러 말했다. "네 용모가 네 아비를 많이 닮았고, 또한 고古 재상(영의정 서지수)의 모습도 있다. 너의 집안일을 생각할 때마다 항상 나 때문이었다는 탄식을 하곤 하였느니라. 3대 정승 집안을 내가 잊을 수 없었는데, 이제 네가 이렇게 처음으로 벼슬길에 나섰으니 나의 빚을 갚은 셈이 되었구나." 이어 다음과 같이 전교했다. "그의 조부 고 재상은 바로 기묘년(1759)에 내가 왕세손으로 책봉될 때 유선으로 내가 다년간 수학하였다. 그의 손자가 문과에 장원하였으니 고 영의정 문정공 서지수의 집에 승지를 보내 치제致祭(임금이 죽은 신하에게 제물과 제문을 보내어 제사 지내는 일)하도록 하라. 지난 일들은 모두 덧없는 세상 탓으로 돌리고 그이 아들이 출신出身(처음으로 벼슬길에 나섬)하였으니 그 아비도 너그럽게 용서하고자 한다(정권의 실세인 홍국영의 중상으로 향리로 쫓겨난 일). 전 관찰사 서유신의 죄명을 씻어주고…."

서영보는 춘추관의 사관인 겸춘추(종7품)로 벼슬 생활을 시작했다. 같은 해 젊은 신예 집단인 초계문신으로 뽑혔으며, 예문관 수찬(정7품)에 제수되었다.

이듬해엔 사은정사 황인점의 서장관書狀官으로 청나라에 다녀왔다. 함경도 암행어사, 규장각 직각(정6품)을 역임했다. 정조 15년(1791)에는 왕명을 받고 강화도로 가서 『광릉실록』을 상고한 데 이어, 영남 과거 경시관 활동과 도청圖廳에서 어진을 완성한 공으로 당상관(정3품 이상의 고위 관료)에 올랐다. 다시 왕명을 받고 함흥과 영흥의 도 본궁을 봉심奉審(능이나 종묘를 돌봄)하고 돌아왔으나, 전 영의정 김상철의 장례 물품을 대송代送(대신해서 보냄)하게 한 명령을 철회하라고 청한 일로 파직당했다. 그러나 이듬해 정월 곧바로 규장각 직각, 충청도 관찰사, 승지에 잇따라 제수되었다.

이후 정3품 품계의 대사간·대사성·파주 목사·황해도 수군절도사·창원 부사에 이어, 승차하여 전라도 병마절도사(종2품)·황해도 관찰사·경기도 관찰사·비변사 제조(정2품)·홍문관 부제학(정3품)을 역임했다.

순조 5년(1805)에 형조판서에 제수된 데 이어, 예조판서·대사헌·호조판서·판의금부사·홍문관 대제학·예문관 대제학·우포도대장·평안도 관찰사를 거쳐, 이조판서로 다시금 육조에 복귀했다. 하지만 오래지 않아 노모의 병을 진달進達(말이나 편지를 받아 올림)하고 장기간 휴가를 요청하였는데 받아들여졌다.

순조 10년(1812) 또다시 형조판서·호조판서·병조판서·수원유수(종2품)에 이어 지중추부사직을 맡았으나 오래지 않아 타계했다. 『조선왕조실록』의 졸기에는 "훈련대장 서영보가 졸하였다"라고만 기술되어 있다. 저서로는 『죽석문집竹石文集』 『풍악기楓嶽記』 등이 있다.

서기순은 서유신의 손자이자 서영보의 아들이다. 순조 27년(1828) 과거에 급제하여 출사했다. 사간원 정언(정6품)에 이어 암행어사·안핵사에 이어 이조참의를 제수받으면서 당상관이 되었다. 이후 대사성·이조참판·승지·전라도 관찰사를 역임했다.

그러나 헌종 9년(1843) 성균관 유생들이 궐기했다. 서기순의 부제賦題(과거를 볼 때 쓰게 하는 부의 시험 제목) 문제를 일제히 들고 나와 권당捲堂(성균관 유생들이 주장을 폈을 때 관직에서 물러남)하자 무장으로 유배되는 고초를 겪었다. 오래지 않아 사면되었다. 사면 이후 한성부 판윤(정2품)·형조판서·예조판서·대사헌·대호군(종2품)·경상도 관찰사·판의금부사에 이어, 철종 1년(1850) 대제학에 올랐다. 가문을 조선왕조에서 세 번째로 명문가의 반열에 올리는 영광을 누렸다.

이후에도 서기순은 병조판서·이조판서 등을 두루 거치다 탄핵을 당해 이조판서에서 물러나기도 하고, 충청도 수군절도사(정3품)로 좌천되기도 하였으나 응하지 않아 유배형을 받기도 했다. 철종 6년(12855) 다시 충청도 수군절도사로 좌천되었다가 의금부 판의금부사(종1품)로 조정에 돌아왔지만, 같은 해 그만 세상을 떴다.

『조선왕조실록』의 졸기에 "서기순은 대제학 서영보의 아들로서 부귀현혁富貴顯赫한 가문의 일원이었는데도, 속세를 떠나 깊은 산중에서 가난을 달게 여기는 지조가 있어 성남城南의 오두막집에서 비바람을 가리지 못한 채 살았다. 수령에 제수되고 지방을 안찰按察(조사하여 살핌)할 때는 관물을 사사로이 쓰지 않았으니 가는 곳마다 청렴한 벼슬아치라는 소문이 났다. 또한 그의 시와 산문은 문단을 주름잡아 대대로 전해오는 아름다움이 있다"라고 평가되어 있다.

저서로는 『종사록從仕錄』이 있다.

마치는 글

아, 우당友堂 이회영 집안…

'삼한갑족'은 『조선왕조실록』을 그 근거로 한다. 태조부터 철종에 이르는 472년 동안의 『조선왕조실록』이 말하는, 오롯이 그러한 요건과 기준에 따랐다.

따라서 그 같은 요건과 기준에 든 집안이 그리 많지 않았다. 그 같은 학문과 지위가 드러난 집안이라야 앞서 살펴본 것처럼 전주 이씨, 안동 권씨 등 대략 26개 성씨 집안이었을 따름이다.

그것은 효도의 극치였으며, 짐승과 구별되는 사회적 존재로서의 자아를 실현할 수 있는, 다시 말해 사대부가 입신양명할 수 있는 유일한 길이었던 과거 급제자의 수가 아니었다. 과거 급제자를 제아무리 많이 배출한 집안이었다 하더라도 그 같은 요건과 기준에 합당할 수 없었다.

그렇다면 과거에 급제했다 하더라도 권좌의 정상에 오른다는 건 또 다른 세계일 수밖에 없었던, 정승(정1품)의 자리에까지 오른 집안이었을까? 하늘이 돕는 자가 아니고선 결코 범접할 수 없다는, '일인지하一人之下 만인지상萬人之上'이라 일컫는 정승을 보다 많이 배출한 집안이었던 것일까?

물론 '벼슬의 꽃'이라 불렸던 정승을 한 집안에서 22명씩이나 배출한 역사도 없진 않았다. 다른 집안과 구별되는 뚜렷한 위업이 아닐 수 없었다.

하지만 정승도 아니었다. 제아무리 정승을 많이 배출한 집안이라 하더라도 삼한갑족의 요건과 기준에는 합당할 수 없었다.

그렇다면 마지막으로 문묘文廟에 배향된 가문이었을까? 학문이 드높아 한성의 성균관과 지방의 향교에 건치하여 제향祭享을 받고 공부하는 유생들의 사표師表가 되었던, 요샛말로 명예의 전당에 이름을 올린 현인을 배출한 가문을 꼽았던 것일까? 통일신라시대 이래 조선왕조에 이르는 1,400여 년 동안 문묘에 배향된 인물이 통틀어 18명에 불과했으므로, 이들 집안을 일컬은 건 아니었을까?

하지만 그도 아니었다. 과거 급제자도, 권좌의 정상인 정승도, 문묘에 배향된 현인도 모두 아니었다.

조선왕조의 '삼한갑족'은 오로지 학문이 탁월해 나라를 대표할 만한 문형文衡(글의 저울대)을 배출한 가문으로 좁혀졌다. 유학을 국시로 삼는 유교 국가답게 무엇보다 학문의 중요성을 최우선 가치 기준으로 삼았다. 흔히 "열 정승보다 대제학 한 명이 낫다"라고 한, 대제학(정2품)을 배출한 가문으로 그 요건과 기준을 확실히 한 것이다.

그것도 단순히 대제학을 많이 배출한 것만이 아닌, 한 집안에서 대가 끊기지 않은 '3대代 대제학'을 오직 국반國班 곧 '삼한갑족'으로 삼았다. 조선왕조가 국시로 내세운 유학은 개인이 아닌 가정 중심의 사상이었다. 할아버지, 아버지, 아들로 연이어지는 대제학을 배출한 집안만을 국반의 으뜸이라 일컬었다. 안동 권씨, 연안 이씨, 광산 김씨, 전주 이씨, 대구 서씨 가문이었다. 이 '5대 가문'을 명성과 실상이 서로 꼭 들어맞는 최고의 명문가라 일컬었다. 이들 가문이야말로 조선왕조 5백 년을 소리 없이 이끈, 겉으론 드러나지 않은 역사의 아랫물이자, 숲속을 지배한 숨은 범이었던 것이다.

무엇보다 그 같은 요건과 기준은 엄중했다. 사관의 사초로 『조선왕조실록 』이 쓰인 이래 왕조의 종말에 이르기까지 단 한 번도 변통되거나 달라진 적이 없었다.

흔히 역사에서 만약이라는 가정은 있을 수 없다. 하지만 만일, 만일에 말이다. '삼한갑족'의 근거로 삼은 『조선왕조실록』이 그만 철종(25대) 연간에서 그치지 않고, 이후에 『고종실록』, 『순종실록』으로 이어져 사관의 사관의 사초가 되었다면 과연 어땠을까? 꼭이 472년 만의 기록이 아닌, 요컨대 일제강점기를 거치지 아니하고 다시금 순수하게 이어졌다면 '삼한갑족'은 또 어떤 모습을 보였을까?

그렇다라면 여기에 빼놓지 않고 반드시 들어가야 마땅한 집안이 있다. 바로 경주 이씨 집안이다. 우찬성(종1품)

이유성의 집안이 곧 그렇다.

이 가문은 10대조인 백사白沙 이항복(1556~1618)이 주축이 되어 그 후손들이 현달했다. 과거 급제자는 총 538명인데, 판서(정2품) 35명에 영의정만 6명이 나왔다. 뿐만 아니라 이래(태종 5년), 이항복(선조 28년), 이인엽(숙종 33년) 등 3명의 대제학을 배출했다. 비록 대가 끊기지 않은 '3대 대제학'이라는 요건과 기준을 충족하지 못했다 할지라도, 국반이라 일컫는 데 조금도 모자람이 없는, 조선왕조의 대표적인 사대부 집안이었다.

더욱이 근대에 이르면 이 집안은 단연 두드러진다. 『철종실록』 이후 끝내 이어지지 못한 고종과 순종 연간에 이르게 되면, 이 집안은 세상에 비추지 않은 데가 없는 은은한 달빛과도 같았다. 왕조의 종말 이후 빼앗긴 나라를 되찾기 위한 투쟁에서 이 집안만큼 뚜렷한 자취를 남긴 가문도 딴은 또 찾아보기 어렵다.

일찍이 조선 초부터 사림士林의 절의를 줄곧 지켜온 행의行誼(올바른 행실)로 대대로 추앙받아온 이래, 끝내 왕조의 기왓장이 허물어져 내리기에 이르자 이른바 서학西

學으로 일컬어지는 천주교의 창립 성조가 되는 한편, 서구의 과학·천문·지리 등의 방대한 신문물을 자발적으로 수용할 수 있는 토대를 앞장서 닦아냈다. 무엇보다 나라를 빼앗긴 일제강점기에 이르러 우찬성 이유승의 여섯 아들이 보여준 행보는 '삼한갑족'으로서 노블레스 오블리주를 남김없이 실천한 헌신과 희생이었다.

먼저 일제에 의해 국권이 강탈된 경술국치(1910) 이후 이들 여섯 형제가 보인 실천은 그의 조상들이 사림의 절의를 지킨 행의 그대로였다. 전 재산을 처분하고 대륙으로 망명해서 독립운동에 투신한 것이다.

우선 첫째인 이건영은 통정대부(정3품)의 벼슬을 내려놓고 낙향해서, 장남으로서 마땅히 선산을 지키다가 병사했다.

둘째인 이석영은 조선 최고 부자였던 큰아버지인 영의정 이유원의 양자로 입양되었으나, 이유원 사후 막대한 전 재산-지금 돈으로 660억 원 상당-을 처분한 뒤 만주로 건너가 스스로 힘을 기르기 위한 경학사와 신흥무관학교의 창설 운영 자금을 비롯한 독립운동 자금을 끝까지 지원하다 상하이에서 굶어죽었다.

셋째인 이철영은 신흥무관학교 교장을 지내다 병사했다.

넷째인 우당友堂 이회영은 독립운동의 대부로서 헤이그 밀사 기획, 고종 망명 시도, 신민회 등 눈부신 활동을 지속하다가, 일본 관동군 사령관을 암살하려고 다롄으로 가다 체포되어 모진 고문을 받은 끝에 옥사했다.

다섯째인 이시영은 대한민국 임시정부에서 주요 요직들을 역임하다가, 광복(1945) 이후 여섯 형제 중에서 유일하게 살아서 귀국했다. 그는 대한민국 초대 부통령을 지냈다.

여섯째 이호영 역시 만주에서 의병 활동을 하였으며, 결국 북경 인근에서 일제의 습격으로 온 가족이 몰살당했다.

"나는 본래 벼슬을 원하지 않는 사람으로, 불평등한 신분제도도 본래 반대했다. 독립운동을 하는 것 역시 나 개인의 영화를 위한 욕심에서가 아니라, 전체 민족이 평등하고 자유로운 행복한 생활을 누릴 수 있기 위해서이다."

근대의 '삼한갑족'으로서 우당 이회영의 노블레스 오블리주를 실천한 자기 고백이다. 그의 여섯 형제의 정신이 과연 어디에 있었는가를 말해주고 있음을 보게 된다.

한민족의 정체성을 만든 인물들을 통해, 삶의 지혜와 미래의 길을 연다.

고대 배달 민족의 얼인 고대 동아시아 지배자

나는 **치우천황**이다

대동 세상을 열려는 너희 본디 마음이 나 치우다

"나는 천산산맥 넘어 해 뜨는 밝은 곳을 향해 내려와
신시 배달국을 열었다. 너도 하느님 나도 하느님, 너도 왕이고
나도 왕이니 서로서로 섬기는 대동 세상 터를 닦고 넓혔노라.
하여 뭇 생명이 즐겁고 이롭게 어우러지는 세상을 열려는
너희 본디 마음이 곧 나일지니."
- 치우천황이 독자에게 -

이경철 지음 | 값 14,800원

근세 현모양처의 대명사인 한 여성의 삶과 꿈

나는 **사임당**이다

많이 알려졌어도 실제 내 삶을 아는 사람은 드물구나

"나만큼 많이 알려진 인물도 없다. 그러나 나만큼 제대로
알려지지 않은 인물도 없다. 율곡의 어머니, 거레의 어머니,
현모양처의 모범과 교육의 어머니로 많이 알려졌어도
실제 내 삶이 어떠했는지 아는 사람은 거의 없다.
나는 내 삶을 바르게 살고 싶었을 뿐이다."
- 사임당이 독자에게 -

이순원 지음 | 값 14,800원

근대 지킬 것은 굳게 지킨 성인군자 보수의 표상

나는 **퇴계**다

'완전한 인간'을 위한 자기 단련의 길이 나 퇴계다

"나는 책이 닳도록 수백 번을 읽었다. 그랬더니 글이
차츰 눈에 뜨였다. 주자도 반복해서 독서하라고
이르지 않았던가? 다른 사람이 한 번 읽어서 알면,
나는 열 번을 읽는다. 다른 사람이 열 번 읽어서
알게 된다면, 나는 천 번을 읽었다."
- 퇴계가 독자에게 -

박상하 지음 | 값 14,800원

근대 보수의 대지 위에 뿌린 올곧은 진보의 씨앗

바꾸자는 개혁의 길
너의 생각이 나 율곡이다

"나라는 겨우 보존되고 있었으나, 슬픈 가난으로
시달리는 백성들은 온통 병이 깊어 숨이 넘어갈
지경이었다. 백척간두에 선 채 바람에
이리저리 위태롭게 흔들리고 있었다.
내가 개혁을 외치고 나선 이유다."
- 율곡이 독자에게 -

박상하 지음 | 값 14,800원

나는 **율곡** 이다

현대 모국어로 민족혼과 향토를 지켜낸 민족시인

깊은 슬픔을 사랑하라

분단의 태풍 속에서 나는 망각의 시인이었다.
하지만 한국의 독자들은 다시 내 시에 영혼의 불을 지폈다.
나는 언제나 외롭고 높고 쓸쓸한 시인이다.
- 백석이 독자에게 -

이동순 지음 | 값 14,800원

나는 **백석** 이다

현대 남북한과 동서양의 화합을 위해 헌신한 삶과 음악

남북통일과 세계의 화합과
평화를 염원하며 작곡했다

"나는 남한과 북한, 동양과 서양, 고전과 현대의 경계에 서서
화합을 모색해 왔다. 우리 민족혼을 바탕으로 민주화와
통일을 갈망했고 세계가 전쟁과 핵 공포에서 벗어나
평화와 평등의 세상으로 나가기를 바랐다.
내 음악은 이 모든 염원의 표상이다"
- 윤이상이 독자에게 -

박선욱 지음 | 값 14,800원

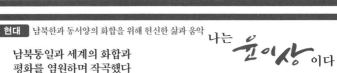

나는 **윤이상** 이다

근세 여성 최초 상인 재벌과 재산의 사회 환원

나는 *김만덕* 이다

가난을 돌이킬 수 없는
수치로 여겨라

어진 사람이 나랏일에 간여하다가도 절개를 위해 죽는 것이나,
선비가 바위 동굴에 은거하면서도 세상에 이름을
떨치게 되는 건, 결국 자기완성이 아니겠느냐.
여성의 몸으로 내가 상인으로 나선 이유도
이와 다르지 않다."
- 김만덕이 독자에게 -

박상하 지음 | 값 14,800원

고대 민족의 고대사를 개창한 건국 여제

나는 *소서노* 다

내가 바로 고구려, 백제를 건국한 왕이다

"나는 졸본부여의 왕재로 태어나, 추모와 함께 고구려를
건국하였으며 다시 두 아들과 함께 남하하여 백제를 건국하였다.
역사서에 나를 일컬어 왕이라 하지 않았으나,
엄연히 나라를 개창하여 백성들을 위한 정치를 펼쳤으니
더 이상 나의 존재를 부정할 수 없으리라."
- 소서노가 독자에게 -

윤선미 지음 | 값 14,800원

고대 신라의 중흥을 이룬 대장군

나는 *이사부* 다

위대한 장수는 싸우지 않고 이기는 전투를 한다

전장에서 적을 베는 것보다 싸우지 않고 이기는 장수가
지혜로운 장수다. 적국의 백성도 나라를 달리하면
모두 제 나라의 백성이다. 권력을 탐하는 자는
신의를 저버리나 백성은 그저 순리에 따를 뿐이니,
현명한 장수는 백성을 살리는 전투를 한다.
- 이사부가 독자에게 -

김문주 지음 | 값 14,800원

한국 인물 500인 신간 소개

고대 　신화적인 삶을 산 한민족사의 큰 어른

나는 해모수 다

나는 조선인이고, 부여인이며, 고구려인이다

여러분의 말 속, 정신 속에는 나의 삶이 조금씩 배어 있다.
조상이 무엇인가? 역사의 거름이 되는 게 아닌가?
어려운 시기가 오고 있네만 나를 거름으로 삼아
후손들을 위해 맑고 기름진 거름이 되게나.
- 해모수가 독자에게 -

윤명철 지음 | 값 14,800원

현대 　타는 목마름으로 연 민주화와 흰 그늘의 길

나는 김 지하 다

더 나은 세상을 위해 진흙창 속에 핀 연꽃, 십자가가 되려 했다

"나는 개벽을 향한, 부활을 향한 민중의 고통에 찬
전진 속에서, 내게 주어진 진흙창 삶 속에 피우는 연꽃이
되려 꿈꿨다. 내게 주어진 십자가를 지고 민중과 함께
있기를 소망했다. 민중의 한 사람인 내가 꿈꾼 이런 소망이
어느 시대, 어느 세상에서든 좀 더 나은 세계로 건너가는
징검다리 돌 하나가 됐으면 좋겠다."
- 김지하가 독자에게 -

이경철 지음 | 값 14,800원

현대 　백석 시인을 사랑했던 조선권번 기생

나는 김 자야 다

저는 백석 시인의 뜨거운 사랑을 받았습니다

그 험하고 가파른 세월을 무탈하게 살아올 수 있었던 것은
오로지 제 나이 22세 때 만나 서로 뜨겁게 사랑했던
백석 시인의 고결한 영혼 덕분입니다.
- 김자야가 독자에게 -

이동순 지음 | 값 14,800원

현대 대한민국 현대사의 격랑 속에서 소설이 된 사람

나는 **박완서**다

증오는 사랑과 연민이 되고,
나는 결국 소설이 되었다

"나의 인생과 소설에 담긴 역사를 바라봐주면 좋겠다.
내 안의 '양반 의식', '아줌마 정신',
'빨갱이 트라우마'를 온전히 바라봐주면 좋겠다.
그렇게 나를 기억해주면 좋겠다."
- 박완서가 독자에게 -

이경식 지음 | 값 14,800원

중세 고려의 자주국 수호를 천명한 여걸

나는 **천추태후**다

자주국 고려의 위상은 내가 지킨다

"'나의 고려가 외국에 사대하는 것을 원치 않았다. 성종이
내려놓은 고려의 위상을 반드시 되돌려 놓아야 한다고
다짐했다. 그것이 태조 왕건의 유조에 따라
고려가 자주국이자 황제국으로서, 세상 그 어떤 나라도
넘보지 못할 대국으로 거듭날 수 있는 유일한 방법이라
여겼으니 이것이 내가 목종을 대신하여 섭정한 이유다."
- 천추태후가 독자에게 -

윤선미 지음 | 값 14,800원

단체 | 분야별 조선왕조 5백 년을 이끈 5대 명문가의 이야기

나는 **삼한갑족**이다

집안이 어려워도 낙담해선 안 되고
공부가 쓸모없다고 관두어서도 안 된다

딱한 처지에 놓일지라도 민망하게 여기지 않고,
귀한 신분에 올랐음에도 교만하지 않을 뿐더러,
참혹한 화를 당해도 위축되거나
운명에 흔들려선 안 된다.
- '삼한갑족'이 독자에게 -

박상하 지음 | 값 14,800원